AF281790

Die Farbe des Neubeginns

Liebesroman

von
Viki Six

FSC
www.fsc.org

MIX

Papier aus ver-
antwortungsvollen
Quellen
Paper from
responsible sources

FSC® C105338

© 2024 Viki Six
Verlag: BoD · Books on Demand GmbH, In de Tarpen 42,
22848 Norderstedt
Druck: Libri Plureos GmbH, Friedensallee 273, 22763 Hamburg
ISBN: 978-3-7693-1966-8

Das Werk, einschließlich seiner Teile, ist urheberrechtlich
geschützt. Jede Verwertung ist ohne Zustimmung der Autorin
unzulässig. Dies gilt insbesondere für die elektronische oder
sonstige Vervielfältigung, Übersetzung, Verbreitung und
öffentliche Zugänglichmachung.

Referenzen

"In 'Die Farbe des Neubeginns' entfaltet sich eine mitreißende Geschichte voller Geheimnisse, unerwarteter Wendungen und der Kraft der Liebe, die alles überwindet."

"Antonia und Gregor treffen aufeinander und ihre Welten prallen aufeinander. Doch inmitten von Verlust und Neuanfang finden sie zusammen - eine ergreifende Geschichte, die die Leser von der ersten bis zur letzten Seite fesselt."

"Mit ihrem einfühlsamen Schreibstil nimmt Viki Six die Leser mit auf eine Reise voller Hoffnung und Mut. Wird es Antonia und Gregor gelingen, ihre Vergangenheit hinter sich zu lassen und eine Zukunft voller Liebe und Glück zu finden?"

"Ein Roman, der von Anfang bis Ende packt und die Leser mit jeder Seite tiefer in die Geschichte zieht. 'Die Farbe des Neubeginns' ist eine Liebesgeschichte, die alle Hindernisse überwindet und beweist, dass es nie zu spät ist, einen Neuanfang zu wagen."

"Viki Six schafft es erneut, nach ihrem Erfolgsroman 'Das Eheleben kann mich mal' wieder zu zeigen, dass sie fesselnd, liebevoll und realitätsnah schreiben kann."

Die Hauptpersonen

- Antonia Leitgeb, Grafikerin und Webdesignerin, 25 Jahre alt
- Lizzy Englmeier, Antonias beste Freundin seit Kindertagen, ebenfalls 25 Jahre alt
- Marco Hammerschmid, Antonias Freund, Versicherungsmakler, 29 Jahre alt
- Gregor Petersen, Steuerberater, Witwer, 31 Jahre alt
- Lena, Gregors Tochter, 7 Jahre alt,
- Lukas, Gregors Sohn, 5 Jahre alt
- Gitta Petersen, Gregors Schwester, 40 Jahre alt
- Elena, Gregors verschollene Nichte, 28 Jahre alt

Weitere Personen

- Gustav Kleevenhust, Antonias Chef in der Agentur „Kreativa"
- Luigi DaSilva, Grafiker und Kollege von Antonia
- Anton Meinhard, ein Makler
- Daniel Fuchs, ein Detektiv
- Heribert Schmidt, Inhaber einer Frankfurter Anwaltskanzlei

sowie diverse Nebenfiguren

Kapitel 1
Im Büro der Werbeagentur Kreativa

Antonia saß an ihrem Schreibtisch und starrte auf den Bildschirm. Vor ihr befand sich ihr jüngster Entwurf für eine Werbekampagne, der vom Kunden der Werbeagentur Kreativa für ein großes Budget in die engste Auswahl gelangt war. Gerade hatte sie eine Nachricht ihres Chefs bekommen: „Gratuliere, Ihr Entwurf hat es geschafft". Sie konnte es kaum fassen. Ihre Kollegen gingen geschäftig an vorbei, während sie versuchte, ihre Gedanken zu sortieren. Plötzlich öffnete sich die Tür des Büros von ihrem Chef, Gustav Kleevenhust, und der Manager der Werbeagentur betrat den Raum. Er war ein junger dynamischer Mann, der einen eleganten Anzug trug.

„Frau Leitgeb, ich habe soeben von unserem Kunden erfahren, dass Ihr Entwurf das Budget gewonnen hat", sagte er. „Herzlichen Glückwunsch! Das ist eine großartige Leistung. Ich habe es Ihnen ja bereits per Nachricht geschickt."

Antonia stand auf, schüttelte die ihr gereichte Hand. „Danke, Herr Kleevenhust! Ich kann es selbst kaum glauben. Es war viel Arbeit, aber es hat sich gelohnt."

„Frau Leitgeb. Sie haben bewiesen, dass Sie ein Profi sind. Ihre Kreativität und Ihr Gespür für Design sind wirklich bemerkenswert. Ich bin stolz, Sie in meinem Team zu haben." Antonia lächelte verlegen und bedankte sich erneut. Sie war überwältigt von den lobenden Worten ihres Chefs, genauso von ihrem eigenen Erfolg, schließlich war sie mit ihren 25 Jahren die Jüngste beim Hamburger Team von Kreativa und arbeitete erst ein halbes Jahr in der renommierten Agentur. Davor hatte sie ein knappes Jahr in einer weniger bekannten Agentur gearbeitet, die ihr allerdings nicht vielversprechend erschienen war. Ihre Bewerbung bei Kreativa und ihre Anstellung in dieser schicken modernen Agentur waren ihr als persönliche Bestätigung ihres Könnens erschienen.

Herr Kleevenhust setzte sich auf den Stuhl ihr gegenüber und sagte, dass er eine kleine Feier für sie und das gesamte Team organisieren werde: „Sie haben Anerkennung verdient, und es ist wichtig, dass wir unsere Erfolge gemeinsam feiern. Ich veranlasse eine Party. Die findet nächsten Freitag statt. Frau Leitgeb, Sie können sich darauf freuen, im Mittelpunkt zu stehen."

Die Kolleginnen und Kollegen, die das Gespräch verfolgt hatten, kamen einer nach dem anderen zu Antonia, um ihr zu gratulieren.

„Das klingt wunderbar, Herr Kleevenhust!", sagte sie, dann zu den anderen gewandt: „Ich freue mich darauf, mit euch allen zu feiern. Wenn ihr nicht so ein tolles Team wärt, dann hätte ich mich hier nicht von Anfang an so wohl gefühlt, dass ich wirklich gut und kreativ arbeiten kann."

„Vielen Dank, Herr Kleevenhust. Ich weiß das wirklich zu schätzen", meinte Antonia, immer noch ein bisschen verlegen.

„Sie müssen sich nicht bei mir bedanken, Antonia",

sagte Herr Kleevenhust, „Ihre Arbeit und ihr Talent haben diesen Erfolg ermöglicht. Sie können stolz auf sich sein."

Antonia war es nicht gewohnt, so viel Lob zu bekommen, bisher hatte sie als freiberufliche Grafikerin vielen kleinen Jobs nachgejagt und gerade genug Aufträge bekommen, um nicht an ihrem Entschluss zu zweifeln, diese Laufbahn eingeschlagen zu haben. „Ich werde mein Bestes geben, um weiterhin gute Arbeit zu leisten", sagte sie.

„Das weiß ich," sagte Herr Kleevenhust, nachdem er wieder aufgestanden war, „Sie haben großes Potenzial, Frau Leitgeb. Und ich bin sicher, dass dies erst der Anfang Ihrer Karriere hier bei Kreativa ist."

Antonia lächelte, während sie Herrn Kleevenhust nachsah, der wieder in sein eigenes Büro ging. Sie fühlte eine Mischung aus Aufregung und Dankbarkeit. Sie wusste, dass dieser Erfolg der Beginn einer vielversprechenden Karriere sein konnte, wenn sie weiterhin hart arbeitete. Sie war sich auch im klaren darüber, dass Herausforderungen auf sie zukommen würden. Sie beschloss, sich intensiv auf die bevorstehende Feier vorzubereiten und ihren Erfolgsmoment mit ihren Teammitgliedern zu teilen.

Da hatte Antonia eine Idee, sie griff zum Telefon und rief ihren Chef an.

„Ja?", fragte er.

„Ich wollte wissen, ob ich meine beste Freundin Lizzy und meinen Lebensgefährten Marco auch zur Feier einladen darf?", fragte sie fast schüchtern.

„Selbstverständlich", sagte Herr Kleevenhust, „ein stabiles privates Gefüge ist notwendig und wichtig, damit unsere Mitarbeiterinnen und Mitarbeiter gute Arbeit leisten. Ihre Freundin und ihr Lebensgefährte sind herzlich willkommen, ich freue mich darauf, die beiden kennen zu lernen."

Kapitel 2
Kleidungswünsche

Antonia saß auf dem Sofa in ihrer Wohnung, die sie gemeinsam mit ihrem Freund und Lebensgefährten Marco seit drei Jahren bewohnte. Vor ihr, auf dem kleinen Couchtisch, stand ihr Laptop. Sie betrachtete noch einmal stolz den Entwurf, der ihr den Erfolg eingebracht hatte. Sie spürte die Aufregung, die sich in ihrem Bauch ausbreitete. Dieser Moment war ein Meilenstein in ihrer gerade beginnenden Karriere, und sie war entschlossen, das Beste daraus zu machen. Sie griff zum Telefon und rief ihre beste Freundin Lizzy an, um ihr die aufregenden Neuigkeiten mitzuteilen.

„Lizzy, du wirst es nicht glauben! Mein Entwurf hat das Budget gewonnen! Ich bin überwältigt!"
„Oh mein Gott, Antonia", rief Lizzy begeistert, „das ist fantastisch! Herzlichen Glückwunsch! Ich habe immer gewusst, dass du es schaffen würdest. Du bist einfach unglaublich talentiert."
„Danke, Liebes. Ich bin so glücklich und auch ein wenig nervös. Herr Kleevenhust plant eine kleine Feier für mich und mein Team nächste Woche. Ich möchte, dass du dabei bist."
„Natürlich bin ich sehr gerne dabei! Danke dir! Das ist ein großer Moment für dich, und ich freue mich riesig, dass ich an deiner Seite sein darf, um ihn zu feiern. Wir sollten uns vorher treffen und überlegen, was du anziehen wirst. Du musst wie eine

erfolgreiche Grafikerin aussehen."

„Das ist eine großartige Idee! Ich kann ja nicht in Jeans und T-Shirt zu so einem Anlass kommen, bei dem ich im Mittelpunkt stehen werde. Lass uns morgen zusammen shoppen gehen. Du hast mehr Gespür für Mode als ich."

Nachdem sie wieder aufgelegt hatten, versuchte Antonia, Marco zu erreichen, aber er hob nicht ab. Er hatte ihr am Vorabend eine Nachricht geschickt, dass er in einem Besprechungsmarathon sein werde, bei dem er nicht gestört werden könnte. Und an den Abenden musste er Geschäftsessen absolvieren. „Wenn ich das nur Marco erzählen könnte", dachte sie. Sie schickte ihm eine Nachricht, dass sie glücklich über den Erfolg ihres Entwurfes war, aber selbst nach zwei Stunden hatte er die Nachricht noch nicht gelesen. Wie schön wäre es, wenn er auch mitkommen würde zur Feier, dachte sie. Marco war gedanklich abwesend gewesen in der letzten Zeit. Antonia hatte befürchtet, dass es an ihrer Arbeit lag, sie hatte bisher keine großen Aufträge bekommen und Marco hatte ihr geraten, sich einen anderen Job zu suchen. Er hatte für kreative Arbeit nicht viel übrig, als Versicherungsagent hatte er Erfolg und hatte Antonia immer zu überreden versucht, auch diesen Weg zu gehen.

Kapitel 3
Im Shoppingcenter

Am nächsten Tag in der Mittagspause trafen sich Antonia und Lizzy in einem großen Shoppingcenter, das bekannt war für seine eleganten Geschäfte mit angesagter Mode. Antonia erzählte Lizzy, dass sie Marco erst nach dem Frühstück erreicht hatte, er wäre noch in Berlin und würde erst spät am Abend zuhause in ihrer Hamburger Wohnung ankommen.

Die beiden stöberten durch die Geschäfte und sahen sich verschiedene Kleidungsstücke an. In einem der Shops fand Lizzy schließlich ein elegantes Kleid aus dunkelgrauer Seide. Sie reichte es Antonia: „Schau mal, dieses Kleid würde perfekt zu dir passen! Es betont deine Figur und strahlt Selbstbewusstsein aus."

Antonia zog das Kleid an und betrachtete sich im Spiegel. Sie hob ihre langen blonden Haare hoch, wie wenn sie eine Aufsteckfrisur tragen würde, denn so wollte sie sich beim Friseur die Haare für die Feier machen lassen. Antonia hatte eine sportliche schlanke Figur. Sie bevorzugte normalerweise praktische und bequeme Kleidung, die sie gut für ihre sportlichen Aktivitäten und ihren Alltag nutzen konnte. Sie trug gerne bequeme Hosen und Blusen oder T-Shirts, die ihre gute Figur nicht wirklich zur Geltung brachten, was Lizzy stets bemängelt hatte. Oft sah man Antonia in Sportsachen, wie Laufhosen und Turnschuhen. Antonia war einfach nicht sonderlich an Mode interessiert, dazu war sie zu tatkräftig orientiert. Sie packte gerne Dinge an und erledigte sie. Sie war sehr organisiert und effizient in allem, was sie tat. Sie ging gerne laufen, um sich fit zu halten und um sich beim Laufen Gedanken über die grafische Umsetzung einer Werbekampagne zu machen. Beim Laufen kamen ihr die besten Ideen, so hatte sie sich oft gegenüber Lizzy verteidigt, wenn die ihr vorwarf, nicht genug Zeit für einen netten kleinen Kaffeeplausch mit ihrer besten Freundin zu haben.

Antonia war beeindruckt von dem Look, den Lizzy ausgesucht hatte: „Du hast wirklich ein Auge für Mode, Lizzy! Ich liebe dieses Kleid. Ohne dich hätte ich mich nie getraut, so etwas Elegantes zu probieren. Es ist genau das, was ich mir heimlich gewünscht habe. Ich möchte mich an dem Abend selbstbewusst und erfolgreich fühlen. "
„Das wirst du auf jeden Fall, Antonia. Dieses Kleid wird alle Blicke auf dich ziehen. Du bist eine talentierte Grafikerin, und es ist an der Zeit, dass alle das erkennen. Du musst nicht immer die graue Maus spielen", sagte Lizzy lächelnd. Sie hatte schon oft zu ihrer Herzensfreundin gesagt, dass sie glücklich wäre, wenn Antonia sich ihrer Ausstrahlung und ihres Talents mehr bewusst wäre. Antonia lächelte dankbar und umarmte Lizzy. Sie wusste, dass sie sich auf ihre Freundin verlassen konnte, wenn es darum ging, ihr Selbstvertrauen zu stärken. Doch gerade was Marco betraf, war Lizzy nicht einer Meinung mit Antonia, denn Lizzy glaubte nicht, dass Marco für Antonia das

empfand, was Antonia für ihren Lebensgefährten fühlte.

Antonia kaufte das Kleid, sagte dann zögernd: „Jetzt bräuchte ich noch passende Schuhe, aber das Kleid war schon so teuer ..."

„Du kannst ja nicht deine Sportschuhe zu diesem Kleid tragen", lachte Lizzy, „weißt du was, ich leihe dir ein paar von meinen für diesen besonderen Abend."

„Oh, großartig, das ist natürlich sehr lieb von dir. Als Dankeschön lade ich dich jetzt noch auf ein Glas Sekt ein, das vertrage ich schon, wenn wir ein paar belegte Brötchen dazu essen. Mehr als ein Glas geht aber nicht, sonst kann ich nachher nicht mehr konzentriert arbeiten."

Die beiden jungen Frauen verließen Arm in Arm das elegante Modegeschäft und spazierten durch das Shoppingcenter zu einer kleinen Sektbar. Gerade als sie ihre Bestellung für zwei Glas Sekt und ein paar belegte Brötchen aufgegeben hatten, bemerkte Antonia, wie Lizzy aufgeregt und nervös in eine Richtung starrte.

„Was hast du denn?", fragte sie.

„Ist das nicht Marco dort drüben?", fragte Lizzy verwundert.

Antonia sah in die Richtung, wohin Lizzy deutete. Doch sie sah niemanden.

„Die sind gerade wieder ums Eck gebogen und verschwunden", sagte Lizzy.

„Die? Wen meinst du?"

„Na, Marco und diese Frau, sehr attraktiv und elegant hat sie ausgesehen. Sie sind Arm in Arm weggegangen."

Antonia spürte einen Stich in der Magengrube. „Das kann nicht sein, er ist doch in Berlin, auf dieser Versicherungskonferenz. Er kommt erst am Abend zurück", sagte sie mit zitternder Stimme.

„Komm, wir gehen ihnen nach", forderte Lizzy ihre Freundin resolut auf, aber die beiden Frauen hatten keine Gelegenheit dazu, denn sie konnten die Sektbar ja nicht verlassen, ohne zu bezahlen. Der Kellner war gerade mit anderen Kunden beschäftigt und sah nicht zu Lizzy, die wild winkte, um ihn auf sich aufmerksam zu machen.

„Du bleibst hier, ich suche die beiden", sagte Lizzy, stand auf und hetzte zu der Stelle, an der sie Marco zu sehen geglaubt hatte. Nach ein paar Minuten kam sie enttäuscht zurück: „Ich habe die beiden nicht mehr gefunden."

„Ich glaube, du hast dich getäuscht, das kann nicht sein, wie gesagt, Marco ist ja noch in Berlin."

„Ja, wahrscheinlich ist er es gar nicht gewesen", meinte Lizzy mit sanfter Stimme, man sah ihr an, dass sie Antonia beruhigen wollte, „es tut mir leid", sagte sie einfühlsam, „vielleicht habe ich mich geirrt."

„Lizzy, ich vertraue Marco. Wir sollten nicht zu voreiligen Schlüssen kommen."

„Lass uns unseren Sekt trinken, bevor er warm wird", sagte Lizzy, als wollte sie Antonia ablenken. Sie stießen an, dann aßen sie die Brötchen und schlussendlich musste Antonia wieder in die Agentur gehen, um ihre Nachmittagsarbeit zu erledigen. Auch Lizzy verabschiedete sich, sie musste ins Café gehen, um die Nachmittagsschicht zu absolvieren. Sie arbeitete als Serviererin im angesagten In-Café Aurora, der Job machte ihr Spaß, entsprach ihren Bedürfnissen nach vielen Kontakten mit interessanten Menschen.

Als Antonia wieder in ihrem Büro vor ihrem Computer saß, spürte sie eine innere Unruhe und hatte Mühe, sich auf ihre neuen Entwürfe für die nächste Kampagne zu konzentrieren. Sie dachte an ihre Freundin Lizzy, die so temperamentvoll war, gerade das Gegenteil von Antonia. Lizzy war eine quirlige Person, kleidete sich gerne unkonventionell und trug gern bunte und gemusterte Kleidung, kombiniert mit auffälligem Schmuck wie langen Ohrringen oder vielen Armreifen. Ihre dunklen Haare waren lang und lockig und sie trug sie fast immer offen. In ihrer Freizeit besuchte sie gerne Konzerte und Kunstausstellungen, zu denen sie sich, ganz anders als in ihrer Freizeit, elegant kleidete. Lizzy war freundlich und aufgeschlossen und hatte viele Freunde aus verschiedenen Altersgruppen. Sie war einfühlsam und unterstützend, wenn jemand in ihrem Umfeld Hilfe benötigte. Antonia hatte sich immer auf die Meinung ihrer Freundin verlassen können. Sie kannte Lizzy schon seit ihrer

Volksschulzeit. Die beiden waren zwar sehr unterschiedlich und auch beruflich gingen sie getrennte Wege, aber Antonia vertraute Lizzy zu hundert Prozent. Sie dachte über das Geschehene nach, kam aber zu keinem Ergebnis. Hatte Lizzy sich getäuscht und in ihrer temperamentvollen Art einfach überreagiert, nur weil jemand so ähnlich wie Marco ausgesehen hatte?

Antonia konnte das Vorkommnis im Shoppingcenter nicht so leicht vergessen und beschloss, ihre Gedanken und Gefühle am Abend mit Marco zu besprechen, um Klarheit zu erhalten.

Kapitel 4
Die Konfrontation

Antonia kam müde von der Arbeit nach Hause. Ihr Kopf war voller Gedanken über das, was bei ihrem Mittagstreffen mit Lizzy geschehen war. Sie hatte sich noch immer nicht von ihrer inneren Unruhe befreien können, sie konnte Lizzys Verdacht nicht einfach ignorieren.

Als sie die Tür zum Wohnzimmer öffnete, fand sie Marco auf der Couch sitzend, scheinbar entspannt und mit seinem Laptop auf dem Schoß.

„Oh, wie schön, du bist schon zuhause", sagte Antonia und lief zu Marco, um ihn zu umarmen. Er erwiderte ihre Umarmung so, wie wenn alles in Ordnung wäre. Und doch … war da nicht ein Zögern in ihm?

„Marco, ich möchte mich gern mit dir über etwas unterhalten", sagte sie und bemerkte mit Schrecken, dass ihre Stimme leicht zitterte.

„Hey, Liebes. Klar. Aber wollen wir nicht zuerst etwas essen? Ich habe Hunger."

Auch Antonia war hungrig, aber zu müde, um noch lange in der Küche zu stehen. Sie schlug vor, eine Pizza zu bestellen, wozu Marco zustimmte. Sie ging in die Küche, holte aus dem Kühlschrank eine Flasche Weißwein und zwei Gläser und setzte sich neben Marco auf die Couch.

„Worüber möchtest du denn mit mir sprechen?", fragte Marco, während er die beiden Gläser einschenkte und eines Antonia reichte.

Antonia nippte an ihrem Glas und überlegte, wie sie ihre Gefühle ausdrücken sollte. Sie wollte die Situation nicht eskalieren lassen.

Sie räusperte sich und wählte ihre Worte vorsichtig: „Ich war heute mit Lizzy im Shoppingcenter, und sie hat dich gesehen. Du warst dort mit einer anderen Frau. Kannst du mir bitte erklären, was da los war?"

„Was? Mit einer anderen Frau? Antonia, das ist lächerlich. Ich war den ganzen Tag in Berlin, ich bin erst vor einer halben Stunde nach Hause gekommen."

Antonia spürte den Hauch einer Traurigkeit, sie wollte Marco unbedingt Glauben schenken: „Marco, ich vertraue dir, aber Lizzy hat gesehen, wie ihr zusammen wart. Es war eindeutig. Bitte sei ehrlich zu mir."

„Schatz, ich versichere dir, dass da nichts war. Ich liebe dich und würde niemals etwas tun, was unsere Beziehung gefährden würde."

Antonia war hin- und hergerissen. Sie wollte Marco glauben, aber das nagende Gefühl der Unsicherheit blieb bestehen. Leise sagte sie: „Ich will dir glauben, Marco, aber es ist schwer für mich, das Ganze einfach wegzustecken. Es hat mich wirklich verunsichert. Kannst du mir bitte eine plausible Erklärung geben?"

„Antonia, ich kann nur wiederholen, dass da nichts war. Das war schlicht und einfach eine Verwechslung. Du weißt doch, wie Lizzy ist, mit ihrer Fantasie. Das hat sie sich nur eingebildet."

Trotz seiner Worte konnte Antonia die Zweifel nicht abschütteln. Wem sollte sie glauben? Lizzy oder

Marco? Sie fühlte sich innerlich zerrissen und wusste nicht, wem sie glauben sollte.

Mit Tränen in den Augen sagte sie: „Marco, ich liebe dich, aber ich kann dieses komische Gefühl einfach nicht ignorieren. Ich möchte, dass wir gemeinsam eine Lösung finden, um diese Situation zu klären und das Vertrauen wiederherzustellen."

„Natürlich, Schatz. Ich verspreche dir, dass ich alles tun werde, um deine Zweifel auszuräumen und dein Vertrauen nie wieder wanken zu lassen. Lass uns morgen am Abend in dein Lieblingsrestaurant schön essen gehen."

Sie bemühte sich, ihrer Stimme Festigkeit und Freude zu geben: „Das ist lieb von dir, ja, lass uns schön essen gehen, damit wir feiern können, dass mein Entwurf in der Agentur ein großes Budget gewonnen hat." Und erst in diesem Moment fiel ihr auf, dass Marco ihr gar nicht zu ihrem beruflichen Erfolg gratuliert hatte. Hatte er denn gar nicht an sie gedacht? Wo waren seine Gedanken gewesen, als er die Nachricht gelesen hatte? Bei einer anderen Frau? Die Nachricht hatte er gelesen, das wusste sie, denn ihr Mobiltelefon zeigte eindeutig zwei blaue Häkchen neben der Nachricht.

Während Antonia hoffte, dass Marco die Wahrheit sagte, blieb ihre Unsicherheit bestehen.

Kapitel 5
Die Feier im Kreativa-Büro

Der Konferenzsaal im Büro von Kreativa wurde für die Feier in ein festliches Ambiente verwandelt. Bunte Girlanden und Blumenarrangements schmückten den Raum, während ein Buffet mit köstlichen Speisen und Getränken aufgebaut war. Antonia betrat den Raum in ihrem eleganten Kleid, gefolgt von Lizzy und Marco, die stolz an ihrer Seite gingen.

Herr Kleevenhust trat auf Antonia zu, begrüßte sie herzlich und und reichte dann Lizzy und Marco die Hand, um sie willkommen zu heißen. „Frau Leitgeb, ich habe eine kurze Rede vorbereitet, um Ihre Leistung zu würdigen", sagte er.

Die Mitarbeiter der Werbeagentur versammelten sich um Antonia und klatschten, um ihre Anerkennung auszudrücken. Die Atmosphäre war von Energie und Stolz erfüllt. Das Servicepersonal des beauftragten Caterings ging durch den Raum und verteilte Gläser mit Sekt. Herr Kleevenhust erhob sein Glas und begann seine Rede: „Liebe Kolleginnen und Kollegen, ich stehe heute hier, um Frau Leitgeb für ihre außergewöhnliche Leistung zu gratulieren. Ihr Entwurf hat nicht nur das Budget gewonnen, sondern er hat auch gezeigt, welches immense Potenzial sie besitzt. Frau Leitgeb, Sie sind ein wahrer Gewinn für unser Team und für die gesamte Werbebranche."

Der Raum füllte sich mit Applaus, während Antonia errötete und sich bei jedem Mitarbeiter bedankte.

Herr Kleevenhust fuhr mit seiner Rede fort: „Frau

Leitgeb, Sie haben bewiesen, dass harte Arbeit, Talent und Leidenschaft Türen öffnen können. Ihr Erfolg ist ein Beispiel für jeden hier im Raum. Lasst uns alle anstoßen auf die bisherigen Errungenschaften und auf all die noch bevorstehenden Erfolge." Alle erhoben ihre Gläser. Antonia fühlte sich überwältigt von der Unterstützung und Freude, die ihr entgegengebracht wurden. Während des Abends sprach Antonia mit ihren Kollegen, die ihr herzlich gratulierten und ihre Bewunderung für ihre Arbeit zum Ausdruck brachten. Sie erzählte ihnen von den Herausforderungen, die sie bei der Umsetzung des Entwurfs hatte, und wie das Team sie unterstützt hatte.

Antonia überwand sich, auch eine kleine Rede zu halten: „Es war ein Teameffort. Ohne eure Unterstützung und eure Ideen wäre das nicht möglich gewesen. Ich bin so dankbar, Teil dieses Teams zu sein."

„Und ich würde mich freuen", sagte Antonia zu Herrn Kleevenhust, „wenn Sie mich wie alle anderen hier duzen würden, alle hier sagen Du zueinander, nur ich nicht, aber ich bin ja noch nicht so lange hier."

„Das freut mich", sagte Herr Kleevenhust, „sehr gerne sage ich Du zu dir, liebe Antonia."

Die Feier ging weiter, und Antonia genoss den Abend in vollen Zügen. Lizzy flirtete mit einem von Antonias Kollegen, Luigi, einem jungen Grafiker mit italienischen Eltern, der sich von der quirligen Lizzy sofort angezogen fühlte. Antonia hatte das Gefühl, wie wenn sich da eine kleine Liebelei entwickelte.

Währenddessen bediente sich Marco am Buffet. Immer wieder sah Antonia zu ihm hinüber, wie er mit den Grafikerinnen und Textern plauderte, sich stolz gab, eine so erfolgreiche Freundin zu haben. Er kam immer wieder zu ihr, sagte ihr, dass er sich sehr für sie freute. Sie fühlte sich geehrt und gestärkt durch die Anerkennung, die sie erhielt und verdrängte ihr Misstrauen gegenüber Marco.

Kapitel 6
Eine schreckliche Nachricht

Antonia saß an ihrem Computer im Kreativa-Büro und vertiefte sich in ihre Arbeit, als eine E-Mail-Benachrichtigung auf ihrem Computerbildschirm aufblinkte. Neugierig öffnete sie die Nachricht und erstarrte sofort, als sie die Betreffzeile las: "Wichtige Mitteilung – Unternehmenssituation". Ihr Herz schlug schneller, als sie den Text las. Kreativa steckte trotz des gewonnenen Budgets in finanziellen Schwierigkeiten und musste gezwungenermaßen Personal entlassen. Antonias Hände zitterten, während sie die Worte auf dem Bildschirm in sich aufnahm. Ihr Blick huschte über die Namen, die in der Liste der betroffenen Mitarbeiter aufgeführt waren, es war ein junger Mann aus der Administration und ein Fräulein vom Telefondienst. Sie erstarrte, als sie ihren eigenen Namen sah. Eine Welle von Schock und Angst überkam sie. Ihr Magen zog sich zusammen, als sich die Realität langsam in ihr Bewusstsein drängte. Sie konnte es nicht fassen – sie sollte ihren Job verlieren. Panik stieg in ihr auf, und ihre Gedanken begannen wild zu kreisen. Wie sollte sie ihre Rechnungen bezahlen? Die Miete, die monatlichen Kreditraten für ihr Auto, die laufenden Ausgaben … Antonia hatte hart gearbeitet und war durch den Job bei Kreativa finanziell von Marco unabhängig geworden. Doch plötzlich stand ihre Welt auf dem Kopf. Sie hatte nach ihrem Erfolg vor zwei Wochen niemals erwartet, dass sie in diese Lage geraten würde. Es fühlte sich an, als ob ihr das Fundament unter den Füßen weggezogen wurde.

Antonias Blick glitt durch das Büro, während sie ihre Kollegen beobachtete, die unbeschwert ihre Arbeit fortsetzten. Die Welt schien sich weiterzudrehen, während ihre eigene Zukunft plötzlich in Frage gestellt wurde. Wie sollte sie all das bewältigen? Sie versuchte, einen klaren Gedanken zu fassen, aber ihre Ängste und Sorgen überfluteten sie. Was würde sie tun, wenn sie ihren Job verlor? Wie würde sie einen neuen Job finden? In Zeiten wie diesen waren die Aussichten düster, und die Konkurrenz war hart. Ihr Blick wanderte zu dem Foto von Marco auf ihrem Schreibtisch ... wie sollte sie ihm klarmachen, dass sie nicht mehr in der Lage war, ihren Beitrag zum Haushaltseinkommen zu leisten? Tränen stiegen ihr in die Augen, und sie schluckte schwer, um ihre Emotionen zu unterdrücken.

Antonias Gedanken wirbelten wild durcheinander, eine Welle der Panik erfasste sie, während sie versuchte, ihre aufgewühlten Emotionen zu ordnen. Das kann nicht wahr sein, flüsterte sie leise vor sich hin. Ich habe so hart gearbeitet, um an diesen Punkt zu kommen. Wie kann mein Job jetzt in Gefahr sein? Ihre Gedanken sprangen von einem Worst-Case-Szenario zum nächsten. Antonias Selbstvertrauen schwand, als sie die Liste der betroffenen Mitarbeiter erneut betrachtete. Werden Unternehmen überhaupt Neueinstellungen vornehmen? Die Unsicherheit über die Zukunft erschreckt mich. Sie fühlte sich von einer Welle der Hilflosigkeit überwältigt. Ich habe mein

Leben aufgebaut, um ein gewisses Maß an Sicherheit zu erreichen. Und jetzt steht alles auf dem Spiel. Wie konnte es so weit kommen?

Doch selbst inmitten dieser Dunkelheit begann ein Funke der Entschlossenheit in ihr zu glimmen. Ich kann nicht einfach aufgeben, dachte sie fest. Ich muss einen Plan B finden, mich neu erfinden, mich auf andere Möglichkeiten konzentrieren. Es wird nicht einfach sein, aber ich muss kämpfen. Antonia versuchte, sich an die positiven Dinge zu erinnern, die sie erreicht hatte, und schöpfte etwas Hoffnung. Ich habe Talente und Fähigkeiten. Ich habe mich immer wieder bewiesen. Vielleicht kann ich meine Leidenschaft nutzen und mich selbstständig machen oder nach neuen Karrieremöglichkeiten suchen. Ich darf nicht zulassen, dass diese Situation mich bricht. Mit jedem Gedanken, der durch ihren Kopf wirbelte, wuchs ihr Entschluss, sich der Herausforderung zu stellen. Ich werde nicht aufgeben, flüsterte sie sich selbst zu. Ich werde kämpfen, lernen und wachsen. Es wird schwierig sein, aber ich werde einen Weg finden, um mein Leben wieder auf die Beine zu stellen. Mit einer Mischung aus Angst und Entschlossenheit stellte Antonia sich der unsicheren Zukunft und versprach sich selbst, dass sie aus dieser Krise gestärkt hervorgehen würde. Sie wollte nicht zulassen, dass die Entlassung sie zerstörte.

Antonia schritt mit schweren Schritten auf das Büro

von Herrn Kleevenhust zu. Ihr Herz hämmerte in ihrer Brust, und eine Mischung aus Emotionen wirbelte in ihr: Angst, Trauer und eine Spur von Resignation. Sie atmete tief ein, klopfte an die Tür und betrat das Zimmer. "Ah, Antonia", begrüßte Herr Kleevenhust sie. "Setz dich bitte." Antonia nahm Platz und spürte, wie sich ihre Kehle zuschnürte. Sie zwang sich, ruhig zu bleiben, und begann das Gespräch mit zitternder Stimme: "Herr Kleevenhust, ich habe gerade die E-Mail über die finanziellen Schwierigkeiten des Unternehmens und die bevorstehenden Entlassungen erhalten. Ich … ich habe meinen Namen auf der Liste gesehen." Herr Kleevenhust runzelte die Stirn und zögerte einen Moment. "Ja, Antonia, es tut mir leid, dass du das auf diese Weise erfahren musstest. Die Situation ist wirklich schwierig geworden, und wir müssen leider Maßnahmen ergreifen, um das Unternehmen zu stabilisieren. Wir müssen Personal reduzieren, und das betrifft auch dich. Wir sind ja keine selbständige Agentur, sondern nur Teil des internationalen Konzerns, da müssen wir uns den Anweisungen der internationalen Bosse fügen. Es tut mir wirklich leid, aber die Anweisung lautet, dass wir die Neuzukömmlinge entlassen müssen, die noch nicht so lange hier arbeiten." Antonias Augen füllten sich mit Tränen, und sie kämpfte darum, ihre Fassung zu bewahren. "Ich verstehe das nicht, Kreativa hat doch jetzt dieses große Budget gewonnen, wie können da finanzielle Schwierigkeiten bestehen?" Herr

Kleevenhust räusperte sich, bevor er antwortete: „Nun, dieses Budget wurde nicht für unsere Niederlassung gewonnen, sondern für das Headquarter in Schweden. Ich bin machtlos, das war von Anfang an so vorgesehen."

Antonia nickte nur, derartige Verbindlichkeiten zwischen dem Headquarter und der Hamburger Niederlassung hatte sie schon gerüchteweise von ihren Kollegen gehört. „Aber ... was bedeutet das für mich?", fragte sie, „wie soll ich meine Rechnungen bezahlen? Ich bin verängstigt und habe keine Ahnung, wie es weitergehen soll." Herr Kleevenhust seufzte und strich sich über das Kinn. "Ich verstehe deine Ängste, Antonia, und es tut mir leid, dass du in diese Situation geraten bist. Leider haben wir keine Kontrolle über die äußeren Umstände. Was ich dir versichern kann, ist, dass wir uns um einen fairen Ausgleich für die betroffenen Mitarbeiter bemühen werden. Es wird Unterstützung und Beratung geben, um den Übergang zu erleichtern." Antonia nickte, doch ihr Verstand war noch immer von Sorgen erfüllt. "Wie finde ich einen neuen Job in einer so unsicheren Zeit?", fragte sie, „wer wird denn in diesen Zeiten jemanden fix einstellen?" Herr Kleevenhust versuchte, ihr Trost zu spenden: "Antonia, ich kann dir nicht alle Antworten geben, aber ich weiß, dass du eine talentierte und engagierte Grafikerin bist. Du hast viele Fähigkeiten und Erfahrungen, die für andere Arbeitgeber von großem Wert sein können. Nutze diese Zeit, um deine

Optionen zu erkunden, dich weiterzubilden und dein Netzwerk zu nutzen. Es wird nicht einfach sein, aber ich glaube an dich." Antonias Tränen rannen nun über ihre Wangen, während sie Herrn Kleevenhust ansah. "Danke, es ist nur ... es ist schwer, Abschied zu nehmen. Ich habe hier in diesem halben Jahr so viel gelernt und bin mit großartigen Menschen verbunden." Herr Kleevenhust nickte verständnisvoll. "Abschiede sind nie leicht, Antonia. Doch manchmal eröffnen sie auch neue Möglichkeiten und Wege, die wir zuvor nicht gesehen haben." Antonia schniefte und lächelte schwach. "Danke. Ich werde mich bemühen und positiv bleiben. Ich werde nicht aufgeben und ich werde nach vorne schauen. Es wird eine Herausforderung, aber ich gebe nicht auf." Mit diesen Worten stand Antonia auf und wollte sich gerade von Herrn Kleevenhust verabschieden, als sie ihn doch noch fragte, warum er ihr die Kündigung nicht persönlich gesagt hätte. „Das wollte ich auch tun, ich schätze dich sehr, aber die Nachricht, die du erhalten hast, kam von der Kreativa-Zentrale, nicht von mir. Ich war erschüttert, als ich gesehen habe, dass die das einfach an die betroffenen Mitarbeiter schicken. Ich werde dementsprechend mit dem Konzernchef reden, das ist unzumutbar. Entschuldige, das war ganz und gar nicht in meinem Sinne." Antonia nickte verständnisvoll, schließlich war Herr Kleevenhust auch nur ein Angestellter des großen Konzerns. Sie verabschiedete sich von ihm. Ihre Schritte waren zwar noch immer schwer, als sie zur Tür ging, aber nun war auch ein Hauch von Entschlossenheit in ihnen zu spüren. Sie würde diesen Schicksalsschlag nicht zulassen, sie würde kämpfen und nach neuen Möglichkeiten suchen. Die Tür fiel leise ins Schloss und Antonia trat in den Raum, wo die anderen Mitarbeiter sie anstarrten. Von jedem einzelnen verabschiedete sie sich herzlich und innig, dann packte sie die privaten Sachen von ihrem Schreibtisch und verließ die Agentur Kreativa. Sie wollte keinen einzigen Tag mehr in dieser Firma sein, die ihr anfangs so vielversprechend erschien, nun aber zu einem tiefen Fall geführt hatte.

Kapitel 7
Tröstende Worte

Antonia rief Lizzy an, sie musste sich unbedingt und sofort jemandem anvertrauen. Sie sagte nicht, worum es ging, meinte nur, dass sie dringend jemanden brauchte, mit dem sie reden konnte. Lizzy sagte zu, sie sofort im Café Aurora zu treffen, einem gemütlichen Ort mit sanfter Jazzmusik und warmem Ambiente. Als Antonia das Café betrat, sah sie Lizzy hinter der Theke arbeiten. Lizzy rief einer Kollegin zu, dass sie eine halbe Stunde Auszeit benötigte, ließ zwei Tassen mit Espresso volllaufen und brachte das kleine Tablett an den Tisch, an dem sich Antonia niedergelassen hatte.

"Lizzy", sagte Antonia erleichtert, stand auf und umarmte ihre Freundin fest, „ich bin so froh, dass du hier bist. Ich habe so viel auf dem Herzen."

Lizzy erwiderte die Umarmung liebevoll und setzte sich. „Antonia, du siehst aus, als hättest du etwas auf dem Herzen. Erzähl mir alles. Was ist passiert?"

Antonia seufzte. "Lizzy, ich bin gerade gekündigt worden", gestand sie leise, während sich Tränen in ihren Augen sammelten. "Die Firma steckt in finanziellen Schwierigkeiten und musste Personal entlassen. Ich bin betroffen."

Lizzys Augen weiteten sich vor Schreck, und sie griff nach Antonias Hand. "Oh mein Gott, Antonia, das tut mir so leid zu hören. Wie geht es dir damit?"

Antonias Lippen zitterten, als sie versuchte, ihre Worte zu finden. "Ich bin schockiert und verängstigt,

Lizzy. Ich habe so viele Sorgen. Wie soll ich meine Rechnungen bezahlen? Wie soll ich das Marco klarmachen? Es fühlt sich an, als ob alles, wofür ich gearbeitet habe, in einem Moment zerschlagen wurde."

Lizzy drückte Antonias Hand fest und versuchte, sie zu beruhigen. "Ich verstehe, wie du dich fühlst, aber du darfst dich nicht aufgeben, meine Freundin. Du bist stark und talentiert. Es ist nur ein Rückschlag. Du wirst einen noch besseren Job finden."

Antonia zwang sich zu einem dankbaren Lächeln und wischte sich die Tränen weg. "Danke, Lizzy. Deine Worte bedeuten mir so viel. Ich werde nicht aufgeben, das verspreche ich. Ich werde mich wieder aufrappeln."

Lizzy nickte verständnisvoll und streckte ihre Hand aus, um Antonias Wange sanft zu berühren. "Du musst nicht alleine damit fertig werden, Antonia. Du hast ja mich. Ich werde dich durch diese schwierige Zeit begleiten. In guten und schlechten Zeiten."

Ein Gefühl der Dankbarkeit erfüllte Antonia, als sie Lizzy ansah. "Du hast recht, Lizzy. Ich bin nicht allein, und ich habe so viel Unterstützung um mich herum. Ich werde mich nicht von diesem Rückschlag unterkriegen lassen. Ich werde meine Energie nutzen, um neue Wege zu erkunden und mein Leben wieder aufzubauen."

Lizzy lächelte ermutigend. "Genau so ist es, meine tapfere Freundin. Du wirst stärker und widerstandsfähiger aus dieser Situation hervorgehen.

Ich glaube fest an dich."

Antonia spürte, wie sich ihr Mut allmählich wieder regte. "Danke, Lizzy, dass du immer an meiner Seite bist. Deine Unterstützung gibt mir Kraft. Ich werde nicht aufgeben und meinen eigenen Weg gehen. Es mag schwierig sein, aber ich werde es schaffen."

„Und Marco? Was glaubst du, wie er reagieren wird? Hast du es ihm denn schon gesagt?", fragte Lizzy.

„Nein, noch nicht, ich werde am Abend mit ihm darüber reden. Um ehrlich zu sein, fürchte ich mich ein bisschen vor dem Gespräch mit ihm. Er war ja mit meinem Weg als Grafikerin nie einverstanden."

„Du wirst das schon schaffen, und wenn er dir Kummer macht, dann bin ich ja da für dich."

Die beiden Freundinnen hielten sich fest, umarmten sich und spürten die Stärke ihrer Verbindung. In diesem Moment wusste Antonia, dass sie nicht nur den Kampfgeist in sich selbst gefunden hatte, sondern auch eine Freundin hatte, die immer an ihrer Seite stand.

Kapitel 8
Unverständnis

Antonia hatte Marco gerade gesagt, dass sie ihre Kündigung erhalten hatte. Der Raum war erfüllt von einer angespannten Stimmung, Marco saß im Wohnzimmer vor dem Fernseher und sah sich eine Sportübertragung an. Sie setzte sich neben ihn, nahm die Fernbedienung vom Couchtisch und schaltete den Fernseher aus.

Marco verschränkte die Arme, er trug einen verärgerten Ausdruck im Gesicht. Er warf ihr einen skeptischen Blick zu und sagte scharf: "Wie konntest du das zulassen? Das ist doch sicherlich dein Fehler! Und was soll das jetzt bedeuten? Du kannst nicht mehr zum Haushaltsbudget beitragen? Wie sollen wir jetzt über die Runden kommen?"

Antonia war fassungslos und fühlte sich von Marcos Reaktion getroffen. Tränen stiegen ihr in die Augen, doch sie kämpfte dagegen an und versuchte, ihre Würde zu bewahren. In ihrem Kopf wirbelten die Gedanken durcheinander: Warum reagiert er so? Ich habe gerade meinen Job verloren, und anstatt mich zu unterstützen, gibt er mir die Schuld. Ich habe so hart gearbeitet und jetzt stehe ich vor einer unsicheren Zukunft. Wie kann er mir das vorwerfen? Die Worte von Marco schnitten tief in Antonias Seele und verstärkten ihre eigenen Selbstzweifel: Habe ich versagt? Bin ich nicht gut genug? Wie konnte ich es zulassen, dass unsere finanzielle Stabilität gefährdet ist?

Eine Mischung aus Verletzung, Wut und Enttäuschung überkam Antonia, als sie sich klar machte, dass Marco in diesem Moment nicht an ihrer Seite stand. Sie hatte gehofft, auf Verständnis und Trost zu stoßen, doch stattdessen traf sie auf Vorwürfe und Ablehnung. Trotz des Schmerzes in ihrem Herzen versuchte Antonia, sich zu sammeln und ihre Stimme ruhig zu halten. "Marco, ich verstehe, dass du besorgt bist und dass diese Situation schwierig für uns ist. Aber wir müssen zusammenhalten und gemeinsam nach Lösungen suchen. Das ist ein Rückschlag für uns beide, und ich brauche deine Unterstützung jetzt mehr denn je."

Marco seufzte und ließ seine Hände in seinen Schoß fallen. Ein Hauch von Reue schien in seinem Gesicht aufzublitzen. "Es tut mir leid, dass ich so reagiert habe", sagte er leiser. "Es ist nur ... ich mache mir Sorgen um unsere Zukunft und wie wir alles bewältigen werden."

Antonia nickte, doch ein Gefühl der Unsicherheit blieb bestehen. "Trotz aller Sorgen müssen wir einen Weg finden, das gemeinsam durchzustehen", sagte Antonia ruhig, während sie Marco ansah, „ich werde alles tun, um eine neue berufliche Perspektive zu finden und uns finanziell abzusichern. Aber ich brauche dich an meiner Seite, um das zu schaffen. Kannst du mir diese Unterstützung geben?"

Marco sah sie mit nachdenklichen Augen an und

schwieg. Antonia spürte, dass er mit seinen Gedanken nicht bei ihr war. Was geht in ihm vor, dachte sie. Sie wusste keine Antwort.

„Weißt du was", sagte er plötzlich und stand auf, „wir gehen essen, in dein Lieblingsrestaurant, das hatte ich dir ja versprochen, als Würdigung deines Erfolges … der jetzt kein Erfolg mehr ist, aber lassen wir das. Ein gutes Essen und eine gute Flasche Wein werden uns auf andere Gedanken bringen."

Antonia war gerührt, sie glaubte Marco tatsächlich, dass er ihr helfen wollte, über ihre Kündigung hinwegzukommen. Lediglich sein Einwand, dass ihr Erfolg kein Erfolg war, bekümmerte sie. Trotzdem stand sie auf, um sich umzuziehen und sich für den Abend mit Marco hübsch zu machen. Es sollte eine Art Versöhnung werden, so hoffte sie.

Kapitel 9
Im eleganten Restaurant

Antonia fühlte sich von Marcos Einladung zu einem schönen Abendessen in einem eleganten Restaurant überrascht und berührt. Sie hoffte, dass dies ein Zeichen dafür war, dass er sie trotz ihrer Arbeitslosigkeit und der vorherigen Auseinandersetzung unterstützen wollte. Als sie gemeinsam am Tisch saßen und der Kellner den Wein servierte, spürte Antonia eine gewisse Erleichterung und begann sich zu entspannen. Doch plötzlich wurde die Atmosphäre jäh unterbrochen, als eine eleganten Frau mit wütendem Blick und erhobener Stimme auf sie zukam.

"Du bist also Antonia", sagte die Frau und musterte sie von oben bis unten.

Antonia fühlte sich unwohl und wusste nicht, wer diese Frau war. "Ja, das bin ich. Und Sie sind?", fragte Antonia.

"Ich bin Uschi. Marcos Freundin", antwortete die Frau und schaute dann zu Marco. "Und wann wolltest du Antonia sagen, dass du jetzt mit mir zusammen bist?"

Marco schien überrascht zu sein und antwortete: "Das ist nicht wahr, Uschi. Wir haben nie darüber gesprochen, dass wir in einer Beziehung sind."

Uschi lachte höhnisch. "Ach, komm schon, Marco. Wir waren doch vor kurzem erst bei meiner Mutter in Berlin, wo ich dich ihr vorgestellt habe."

Eine Welle der Verwirrung und des Schocks durchzog Antonia, und sie fühlte, wie ihr Herzschlag beschleunigte.

Marco, der sichtlich überrascht und verwirrt war, versuchte zu erklären: "Uschi, bitte … Ich weiß nicht, was du meinst. Antonia ist meine Lebensgefährtin."

Uschi ließ sich nicht von ihrer Wut abbringen und fuhr fort, ihre Vorwürfe auszusprechen. "Du hast mir gesagt, dass du dich von ihr getrennt hast und dass ich die Einzige in deinem Leben bin. Und jetzt sehe ich dich hier mit ihr, als ob nichts wäre!"

Antonia konnte spüren, wie ihr Magen sich verkrampfte und eine Mischung aus Verletzung und Verärgerung in ihr aufstieg. Ihre Gedanken begannen wild zu wirbeln, während sie versuchte, die Wahrheit in dieser verwirrenden Situation zu erkennen. Wie konnte Marco mir das verbergen? Hat er mich angelogen? Ist Uschi wirklich seine neue Freundin? War unsere Beziehung die ganze Zeit eine Lüge? Die Verwirrung in Antonias Kopf und die Mischung aus Gefühlen ließen sie sprachlos und überfordert zurück.

"Uschi, ich verstehe nicht, woher diese Behauptungen kommen", sagte Marco. „Ich habe Antonia nicht angelogen, und du scheinst eine falsche Vorstellung von unserer Beziehung zu haben …"

Uschi unterbrach ihn mit scharfen Worten. "Ich will keine Ausreden hören! Du hast mich belogen, Marco." Die Blicke der anderen Gäste richteten sich auf das Drama, das sich vor ihren Augen entfaltete. Antonia fühlte sich gedemütigt und verletzt, als wäre sie öffentlich bloßgestellt worden. Sie versuchte, ihre Gefühle zu kontrollieren und ihre Würde zu bewahren, obwohl ihre Welt gerade auseinanderzubrechen schien. Inmitten des Chaos' gelang es Marco, seine Stimme zu erheben und die Aufmerksamkeit auf sich zu lenken. "Uschi, ich habe dir die Wahrheit gesagt. Antonia ist meine Lebensgefährtin, und es tut mir leid, wenn du das nicht akzeptieren kannst. Aber bitte respektiere uns und unsere Beziehung."

Uschi blickte noch einmal abfällig auf Antonia herab: „Wir sind seit einem halben Jahr ein Paar, Marco und ich", sagte sie noch, bevor sie wütend zu ihrem Tisch zurückging. Die Stille kehrte zurück, und Antonia spürte, wie sich die Augen der anderen Gäste auf sie richteten. Ihr war bewusst, dass sie jetzt die Wahl hatte, entweder in Tränen auszubrechen oder ihre Stärke zu zeigen. Sie atmete tief ein, sammelte sich und sah Marco direkt in die Augen. "Marco, wir müssen reden. Was ist hier wirklich passiert?"

Marco griff nach ihrer Hand. "Antonia, ich schwöre dir, ich weiß nicht, woher Uschi diese Vorstellung hatte."

Antonia fühlte, wie ihre Unsicherheit von einer Mischung aus Verletzung und Zweifel durchzogen wurde. Sie wollte Marco vertrauen, aber der Vorfall hatte eine tiefe Wunde hinterlassen. "Wenn das wahr ist, Marco, müssen wir herausfinden, wie Uschi auf diese Idee gekommen ist und was dahinter steckt", sagte Antonia mit einer Mischung aus Vorsicht und Entschlossenheit in ihrer Stimme. Doch sie wusste, dass diese Uschi mehr war als nur eine Verrückte, die eine Szene in einem Restaurant machen wollte. Sie spürte, dass sie Klarheit brauchte und stand entschlossen auf, um Uschi zu konfrontieren. Sie ging zu ihr hinüber, während sich ein Gefühl der Würde in ihr breit machte. "Uschi, wir müssen reden", sagte Antonia mit fester Stimme. "Ich möchte die Wahrheit wissen. Stimmt es, dass du seit mehr als einem halben Jahr mit Marco zusammen bist?"

Uschi schaute Antonia direkt in die Augen und nickte ruhig. "Ja, das stimmt. Marco und ich sind ein Paar. Er hat mir gesagt, dass er sich von dir getrennt hat."

Antonia konnte die Wahrheit kaum fassen. Die Erkenntnis traf sie wie ein Schlag ins Gesicht. All die Lügen, die Enttäuschung und die Verletzung durchströmten ihren Körper. Sie fühlte sich betrogen und hintergangen. Mit Tränen in den Augen wandte sie sich von Uschi ab und machte sich auf den Weg zurück zu Marco, der am Tisch saß und auf sie wartete. Seine Miene war von Unsicherheit und Besorgnis gezeichnet, als er Antonia kommen sah. "Antonia, ich …" begann Marco, doch sie hob ihre Hand, um ihn zum Schweigen zu bringen. "Du musst nichts mehr sagen", sagte sie mit gebrochener Stimme. "Ich habe mit Uschi gesprochen. Ich weiß jetzt, dass ihr seit Monaten eine Beziehung führt."

Marcos Augen weiteten sich vor Schock, während er versuchte, eine Erklärung zu finden.

"Warum hast du mir das nicht gesagt, Marco?" fragte sie enttäuscht. "Wir sind seit mehr als drei Jahren zusammen, wir haben seit drei Jahren eine gemeinsame Wohnung ...und du hast mir nie davon erzählt."

"Ich wollte es dir sagen, Antonia, aber ich wusste nicht, wie ich es dir sagen sollte", erklärte Marco. "Ich wollte dich nicht verletzen oder verlieren."

Antonia war sprachlos. Sie hatte nie erwartet, dass Marco sie betrügen würde, und sie fühlte sich zutiefst gedemütigt. Sie stand auf und sagte: "Ich denke, es ist besser, wenn ich gehe. Ich kann hier nicht bleiben."

Marco versuchte, sie zurückzuhalten, aber Antonia war entschlossen zu gehen. Sie wusste nicht, ob sie jemals wieder mit Marco sprechen konnte. Sie war verletzt und wütend und brauchte Zeit, um darüber nachzudenken, was passiert war.

"Antonia, es tut mir leid. Es tut mir so leid, dass ich dich belogen habe. Ich wollte dich nicht verletzen."

Antonia kämpfte gegen die Tränen an und versuchte, ihre Würde zu bewahren. "Marco, ich kann nicht bei jemandem bleiben, der mich so hintergeht. Unsere Beziehung basierte auf Vertrauen, aber das ist jetzt zerbrochen. Es tut mir leid, aber ich kann nicht weiterhin mit dir zusammen sein." Die Worte fühlten sich schwer an, als sie sie aussprach. Antonia war sich bewusst, dass diese Entscheidung ihr Leben verändern würde, aber sie wusste, dass sie ihren eigenen Wert und ihre eigenen Grenzen schützen musste.

Marco senkte den Kopf. "Antonia, bitte ... Ich weiß, dass ich einen großen Fehler gemacht habe. Ich weiß nicht, was mich dazu gebracht hat, dich zu belügen. Aber bitte gib uns eine Chance, das zu reparieren. Ich werde Uschi sagen, dass ich sie nie mehr sehen will …"

Antonia schüttelte langsam den Kopf und versuchte, ihre Gefühle zu sortieren. "Ich kann nicht einfach darüber hinwegsehen, was passiert ist. Ich brauche Zeit, um zu heilen und meine eigenen Wunden zu behandeln. Vielleicht können wir irgendwann in der Zukunft eine Art Freundschaft aufbauen, aber im Moment müssen wir getrennte Wege gehen."

Marcos Gesichtsausdruck zeigte eine Mischung aus Verzweiflung und Bedauern. Er erhob sich langsam vom Tisch und nahm Antonias Hände in seine. "Ich werde diese Zeit respektieren und hoffe, dass du eines Tages verzeihen kannst. Du bist eine unglaubliche Frau, Antonia, und ich habe dich unwiderruflich verletzt." Antonia ließ seine Hände los und zwang sich, stark zu sein, obwohl ihr Inneres vor Schmerz und Verwirrung tobte.

Mit zitternden Schritten verließ Antonia das Restaurant, ihr Herz schwer von dem Verlust und dem Verrat, den sie gerade erfahren hatte. Während sie durch die Nacht ging, konnte sie in der Ferne keinen Funken Hoffnung erkennen, der darauf hindeutete, dass es für sie noch eine bessere Zukunft geben könnte.

Zuhause angekommen, zog Antonia ihr Handy aus

der Tasche und wählte Lizzys Nummer. Sie brauchte dringend eine Vertraute, jemanden, dem sie sich anvertrauen konnte. Während das Telefon klingelte, fühlte sich Antonia von einem Gefühl der Erleichterung erfüllt. Sie wusste, dass sie nicht alleine durch diese schwierige Zeit gehen musste.

"Lizzy, bist du da?", fragte Antonia mit zitternder Stimme, als ihre Freundin abhob.

"Antonia! Was ist passiert? Du klingst so aufgewühlt. Ist alles in Ordnung?", erklang Lizzys besorgte Stimme.

Tränen stiegen Antonia in die Augen, als sie versuchte, ihre Worte zu finden. "Es ist … es ist alles so durcheinander, Lizzy. Ich habe Marco mit einer anderen Frau gesehen, und er hat mir gestanden, dass sie seit Monaten zusammen sind. Ich … ich habe mich von ihm getrennt."

Lizzy war einen Moment lang still, bevor sie einfühlsam antwortete: "Oh, Antonia, das tut mir so leid. Ich kann mir nur ansatzweise vorstellen, wie du dich gerade fühlst. Aber hör zu, du musst nicht alleine sein. Du kannst zu mir kommen und bei mir wohnen, solange du möchtest. Wir werden gemeinsam durch diese schwere Zeit gehen."

Antonia fühlte sich von Lizzys Angebot berührt und dankbar für ihre Unterstützung. "Danke, Lizzy. Du bist wirklich eine wunderbare Freundin. Ich werde meine Sachen packen und zu dir kommen."

Kapitel 10
Lizzy als rettender Anker

Antonia ließ sich von ihrem Schmerz nicht überwältigen. Sie holte tief Luft und begann, ihre wichtigsten Habseligkeiten in zwei Koffer zu packen. Sie wählte sorgfältig Kleidung, persönliche Gegenstände und ein paar Erinnerungsstücke aus, die ihr wichtig waren. Während sie die Koffer schloss, spürte sie einen Hauch von Erleichterung. Sie hatte einen Ort, an dem sie willkommen war, und eine Freundin, die für sie da sein würde.

Sie packte ihre Koffer in den Kofferraum ihres kleinen Autos und fuhr los. Während sie durch die beleuchteten Straßen fuhr, versuchte sie, sich auf die Zukunft zu konzentrieren und die Vergangenheit hinter sich zu lassen.

Nach einer kurzen Fahrt erreichte sie Lizzys Wohnung. Mit einem klopfenden Herzen stand sie vor der Haustür und drückte auf die Klingel.

Lizzy öffnete die Tür und strahlte Antonia an. "Willkommen, meine Liebe. Du bist hier sicher und geborgen. Wir schaffen das gemeinsam."

Antonia spürte die Wärme von Lizzys Umarmung und fühlte sich zum ersten Mal seit der Szene im Restaurant wieder ein bisschen geborgen. Gemeinsam trugen sie die Koffer in die Wohnung. In diesem Moment wusste Antonia, dass sie nicht nur einen vorübergehenden Wohnort gefunden hatte, sondern auch die Unterstützung und Liebe, die sie brauchte, um sich neu zu erheben und ihr Leben von Grund auf wieder aufzubauen.

Antonia ließ sich erschöpft auf dem bequemen Sofa in Lizzys Wohnung nieder, während Lizzy energisch hin und her lief und ihre Wut über Marco zum Ausdruck brachte. "Dieser Kerl ist ein absoluter Idiot, Antonia! Wie konnte er dich nur so hintergehen? Du verdienst so viel besseres als ihn", schimpfte Lizzy, ihre Augen funkelten vor Empörung.

Antonia lächelte schwach und dankte Lizzy für ihre aufbrausende Unterstützung. "Danke, Lizzy. Es tut gut zu wissen, dass ich auf dich zählen kann. Ich kann es immer noch nicht glauben, was passiert ist. Aber ich bin froh, dass ich die Wahrheit weiß und dass ich von ihm weg bin."

Lizzy setzte sich neben Antonia und legte ihren Arm um sie. "Das ist richtig, meine Liebe. Du hast eine Entscheidung getroffen, die dich von einer toxischen Beziehung befreit. Das ist ein großer Schritt nach vorn. Und ich verspreche dir, dass das Leben noch viele schöne Dinge für dich bereithält, auch eine neue Liebe, die dich wertschätzt und respektiert."

Antonia seufzte und blickte in die Ferne. "Es fühlt sich im Moment alles so verwirrend an. Ich bin verletzt und gleichzeitig wütend auf mich selbst, dass ich die Anzeichen nicht früher erkannt habe. Aber ich möchte nicht in der Vergangenheit feststecken. Ich will mein Leben neu aufbauen und mich auf meine eigene Zukunft konzentrieren."

Lizzy drückte Antonias Hand fest. "Genau das ist der

richtige Ansatz, meine Liebe. Du hast die Stärke, das zu schaffen. Und du wirst sehen, dass es da draußen jemanden gibt, der deine Liebe und Zuneigung wirklich verdient. Du hast so viel zu bieten."

Antonia lächelte dankbar und fühlte, wie sich ein Funken der Hoffnung in ihr entfachte. Die Unterstützung und Aufmunterung von Lizzy halfen ihr, den Glauben an sich selbst zurückzugewinnen. Sie spürte, dass sie nicht allein war und dass es eine Welt voller Möglichkeiten gab, die darauf warteten, von ihr entdeckt zu werden. "Danke, Lizzy. Ich bin so froh, dass ich dich habe. Du bist ein wahrer Segen in meinem Leben", sagte Antonia, während ihre Augen mit Dankbarkeit und Zuversicht strahlten.

Lizzy lächelte und drückte Antonia fest. "Du bist nicht allein, meine Liebe. Wir werden gemeinsam durch diese schwierige Zeit gehen, und ich werde immer an deiner Seite sein. Das Leben hat noch so viele Überraschungen für uns bereit. Lass uns neue Abenteuer beginnen und dein Herz heilen." Antonia spürte, wie sich ihre Anspannung langsam löste, während sie sich in Lizzys Umarmung sicher fühlte.

„Aber ich kann nicht den ganzen Tag bei dir sitzen, ich muss im Café Aurora arbeiten", meinte Lizzy.

„Klar, du gehst arbeiten, ich werde mich währenddessen um deinen Haushalt kümmern", versprach Antonia.

„Du kannst wesentlich besser kochen als ich", grinste Lizzy.

Kapitel 11
Finanzielle Sorgen

Am nächsten Tag rief Marco an und sagte Antonia, dass er ihre Entscheidung akzeptierte und nach Berlin ziehen würde, wohin er sowieso wollte, er hatte bei seinem letzten Aufenthalt einen lukrativen Job angeboten bekommen. So könnte Antonia wieder in die Wohnung ziehen.

Antonia saß mit Lizzy am Frühstückstisch und ihre Gedanken kreisten um die unerwartete Nachricht von Marco. "Lizzy, ich kann es kaum fassen", sagte Antonia mit gemischten Gefühlen. "Ich meine, es ist schön, dass er meine Entscheidung akzeptiert, aber gleichzeitig kommt das alles so plötzlich. Er zieht nach Berlin und ich soll zurück in die Wohnung? Aber wie soll ich mir das leisten können?"

Lizzy nickte und strich beruhigend über Antonias Hand. "Das bedeutet, dass du dein eigenes Zuhause zurückbekommst. Aber ich verstehe deine Sorge, wie du dir das finanziell leisten kannst."

Antonia seufzte und senkte den Blick. "Ich hatte mich gerade erst damit abgefunden, dass ich meinen Job verloren habe und nun kommt noch die Sorge um die Miete hinzu. Ich habe keine Ahnung, wie ich das bewerkstelligen soll."

Lizzy überlegte einen Moment und lächelte dann einfühlsam. "Antonia, mach dir keine Sorgen. Wir finden eine Lösung. Du kannst so lange bei mir wohnen, bis Marco seine Sachen gepackt hat und endlich weg ist. Und in der Zwischenzeit können wir gemeinsam nach Möglichkeiten suchen, um deine finanzielle Situation zu verbessern. Es gibt immer einen Ausweg."

Antonia war erleichtert über Lizzys Zuspruch und fühlte sich wieder etwas zuversichtlicher. "Danke, Lizzy. Es bedeutet mir wirklich viel, dass du für mich da bist und mir hilfst. Ich werde deine Unterstützung annehmen und alles tun, um meine finanzielle Situation zu verbessern."

Lizzy lächelte aufmunternd. "Genau so soll es sein, meine Liebe. Du hast bereits bewiesen, dass du stark und entschlossen bist."

Antonia nickte, dankbar für Lizzys Unterstützung und Zuversicht.

"Wenn du einverstanden bist, könnte ich vielleicht auch einen Teil der Miete übernehmen, bis du wieder fest auf eigenen Füßen stehst", schlug Lizzy vor, „ich habe doch diese kleine Erbschaft von meiner Tante bekommen, das kann ich dir gerne leihen." Antonia schaute Lizzy gerührt an und ergriff ihre Hand. "Das ist wirklich großzügig von dir, Lizzy. Ich werde zum Arbeitsamt gehen und mich dort anmelden, für die Übergangszeit werde ich wohl eine Unterstützung bekommen. Und wenn ich bis dahin nichts zum Arbeiten gefunden habe, dann … ja dann kann ich ja noch auf dein großzügiges Angebot zurückkommen."

„Jederzeit, meine liebste Lieblingsfreundin", sagte Lizzy.

Während Antonia bei Lizzy wohnte, bereitete sie sich

seelisch auf ihr neues Leben vor und kam zur Ruhe. Antonia war dankbar für Lizzys Unterstützung und verstand, dass sie sich auf ihre Arbeit konzentrieren musste. Sie wollte nicht zur Last fallen und war entschlossen, sich selbstständig voranzubewegen. Während Lizzy tagsüber im Café Aurora arbeitete, nutzte Antonia ihre Zeit, um zum Jobcenter und zum Arbeitsamt zu gehen. Zum Glück hatte sie zwar nicht sehr lange, aber doch lange genug als Angestellte gearbeitet, um Arbeitslosengeld zu bekommen.

Die Tage vergingen schnell, und Antonia und Lizzy verbrachten die Abende damit, Bewerbungsunterlagen zu überprüfen, Antonias Fähigkeiten zu aktualisieren und sich auf mögliche Vorstellungsgespräche vorzubereiten. Lizzy kam spät nach Hause, müde und erschöpft von ihrem hektischen Arbeitstag, aber sie nahm sich dennoch immer Zeit, um mit Antonia über ihre Fortschritte zu sprechen. Antonia kümmerte sich um den Haushalt, ging einkaufen, kochte Abendessen.

Lizzy erzählte Antonia von ihren Erlebnissen im Café und von den netten Kunden, die sie kennengelernt hatte. Sie ermutigte Antonia, Geduld zu haben und an ihre Fähigkeiten und Stärken zu glauben. Sie war überzeugt, dass Antonia bald eine neue berufliche Möglichkeit finden würde.

Obwohl Lizzy nicht viel Zeit hatte, um sich um Antonia zu kümmern, war ihre Anwesenheit und Unterstützung von unschätzbarem Wert. Antonia fühlte sich sicher und geborgen bei ihr und wusste, dass sie in dieser Übergangszeit nicht allein war. Sie konnte auf Lizzy zählen, wenn sie jemanden zum Reden brauchte oder Rat suchte.

Trotz der Herausforderungen fand Antonia langsam die Stärke und den Mut, sich auf ihr neues Leben einzustellen. Sie nutzte die Zeit bei Lizzy, um ihre Ziele zu definieren und sich auf das zu konzentrieren, was ihr wichtig war.

Kapitel 12
Zurück in der Wohnung

Nachdem Antonia zwei Wochen lang bei Lizzy gewohnt hatte, war der Tag gekommen, an dem sie in ihre Wohnung zurückkehren konnte. Sie fühlte sich bereit, einen neuen Abschnitt in ihrem Leben zu beginnen und ihre Zukunft in die Hand zu nehmen. Mit einem Mix aus Aufregung und Nervosität machte sie sich auf den Weg. Als Antonia die Tür ihrer Wohnung öffnete, durchströmte sie ein Gefühl von Vertrautheit und gleichzeitig von einem Neuanfang. Sie atmete tief ein und versuchte, die Vergangenheit hinter sich zu lassen und sich auf die positiven Möglichkeiten zu konzentrieren, die vor ihr lagen.

Marco hatte all seine persönlichen Dinge mitgenommen, die Wohnung wirkte nun so, als wäre er nie dagewesen. Antonia öffnete alle Fenster, fuhr mit dem Staubsauger durch die Wohnung, nahm die Räumlichkeiten für sich in Besitz.

Die ersten Tage in ihrer Wohnung waren sowohl aufregend als auch herausfordernd. Antonia arbeitete mit ihrem Laptop und begann, verschiedene Online-Jobbörsen und Anzeigen zu durchsuchen. Sie stellte sich vor, wie es wäre, in einem erfüllenden Job zu arbeiten, der ihre Leidenschaften und Fähigkeiten nutzte. Während sie die verschiedenen Stellenangebote las, fühlte Antonia eine Mischung aus Hoffnung und Unsicherheit. Sie fragte sich, ob sie in der Lage sein würde, sich gegen andere Bewerberinnen und Bewerber durchzusetzen. Doch sie ließ sich nicht entmutigen. Tief in ihrem Inneren wusste sie, dass sie stark und entschlossen war und dass sie die Fähigkeiten besaß, um einen neuen Job zu finden.

Antonia nahm sich Zeit, um über ihre Interessen, Fähigkeiten und Ziele nachzudenken. Sie erstellte eine Liste der potenziellen Arbeitgeber, die zu ihrer beruflichen Ausrichtung passten, und verfasste ein überzeugendes Anschreiben, das ihre Leidenschaft und ihr Engagement zum Ausdruck brachte. Sie war fest entschlossen, ihre Bewerbungen mit Sorgfalt und Präzision zu verfassen, um ihre Chancen zu maximieren.

Während sie auf Rückmeldungen und Einladungen zu Vorstellungsgesprächen wartete, kämpfte Antonia gegen Selbstzweifel an. Doch immer wenn diese Gedanken auftauchten, erinnerte sie sich an die Unterstützung, die sie von Lizzy erhalten hatte. Sie wusste, dass sie nicht allein war und dass sie die Fähigkeit hatte, Hindernisse zu überwinden.

In den ruhigen Momenten zwischen den Bewerbungen nahm Antonia sich Zeit, um sich selbst zu reflektieren und ihre Ziele neu zu definieren. Sie stellte sich Fragen wie: Was möchte ich wirklich in meinem Leben erreichen? Welche beruflichen und persönlichen Werte sind mir wichtig? Diese Selbstreflexion half ihr, Klarheit darüber zu gewinnen, welche Art von Job sie suchen sollte und welche Schritte sie unternehmen konnte, um dorthin zu gelangen. Trotz der Unsicherheit und der Herausforderungen, die vor ihr lagen, spürte Antonia auch eine gewisse Aufregung. Sie betrachtete diesen Moment als eine Chance für persönliches Wachstum und als Möglichkeit, ihre Träume und Ziele zu verfolgen. Sie war bereit, die Verantwortung für ihr eigenes Glück zu übernehmen und ihr Bestes zu geben, um einen erfüllenden Job zu finden, der ihr finanzielle Sicherheit und Zufriedenheit brachte. Antonia wusste, dass der Weg nicht einfach sein würde und dass Rückschläge unausweichlich waren. Doch sie war entschlossen, nicht aufzugeben und weiterzumachen. Sie war bereit, aus jeder Erfahrung zu lernen und sich stetig weiterzuentwickeln. Mit einem starken Willen und einem Feuer in ihrem Herzen setzte Antonia ihren Fokus darauf, einen neuen Job zu finden, der ihre Leidenschaften und Talente zum Ausdruck brachte. Sie wusste, dass dieser Prozess Zeit und Geduld erfordern würde, aber sie war bereit, die Herausforderung anzunehmen und ihr Schicksal selbst in die Hand zu nehmen. Denn sie war fest davon überzeugt, dass die besten Dinge im Leben auf diejenigen warten, die sich trauen, nach ihnen zu suchen.

Antonia musste sich einer schwierigen Realität stellen: Sie konnte sich die monatlichen Raten für ihr Auto nicht mehr leisten. Es war ein harter Schlag für sie, da sie das Auto für ihre Mobilität und ihre

Vorstellungsgespräche benötigte. Doch sie wusste, dass sie finanziell Prioritäten setzen musste, um über die Runden zu kommen. So trennte sie sich also von ihrem kleinen Auto, das sie sehr geliebt hatte. Schweren Herzens musste sie sich eingestehen, dass eine schwierige Zeit vor ihr lag.

Um weiterhin als Grafikerin tätig zu sein und Einkommen zu generieren, bewarb sie sich für kleinere Aufträge. Sie war entschlossen, ihre Fähigkeiten und ihr Talent zu nutzen, um sich selbstständig über Wasser zu halten. Es war eine Herausforderung, da die Aufträge oft weniger lukrativ sein würden als ihre frühere feste Anstellung bei Kreativa.

Sie führte intensive Recherchen durch, um potenzielle Kunden zu finden und sich auf dem Markt zu positionieren. Durch Networking und das Teilen ihrer Arbeit in den sozialen Medien gelang es Antonia, ein paar kleinere Aufträge zu akquirieren.

Trotz der Unsicherheit und der finanziellen Belastungen war Antonia entschlossen, ihren Weg als Grafikerin fortzusetzen. Sie wusste, dass es Zeit brauchen würde, um sich eine solide Kundenbasis aufzubauen und langfristig erfolgreich zu sein.

Es war eine herausfordernde Phase in Antonias Leben, aber sie ließ sich nicht entmutigen. Sie blieb fokussiert, organisierte ihre Finanzen sorgfältig und nahm jeden Auftrag an, der ihr die Möglichkeit bot, ihr Talent zum Ausdruck zu bringen.

Antonia war entschlossen, sich nicht von

Rückschlägen entmutigen zu lassen. Sie glaubte fest daran, dass ihre Leidenschaft für die Grafik und ihre Entschlossenheit, sich selbstständig zu machen, sie zum Erfolg führen würden. Mit jedem Auftrag, den sie erfolgreich abschloss, gewann sie an Selbstvertrauen und war motiviert, weiterzumachen, egal welche Herausforderungen sich ihr auch stellten.

Kapitel 13
Frustration

Antonia saß entmutigt vor ihrem Laptop und starrte auf den Bildschirm. Bisher hatte sie auf ihre Bewerbungen für eine feste Anstellung keine einzige positive Antwort erhalten. Der Mangel an Erfolgen ihrer vielen Bewerbungen nagte an ihrem Selbstvertrauen und Zweifel begannen sich in ihrem Inneren auszubreiten. Was habe ich falsch gemacht? fragte sie sich frustriert. Habe ich nicht genug Erfahrung? Sind meine Fähigkeiten nicht ausreichend? Bin ich einfach nicht gut genug? Antonias Gedanken kreisten um ihre Selbstzweifel, und sie konnte nicht anders, als sich mit anderen zu vergleichen, die möglicherweise erfolgreichere Bewerbungen geschrieben hatten. Der Druck und die Frustration nahmen zu und sie begann, ihre eigenen Fähigkeiten infrage zu stellen. Ich habe so hart gearbeitet und meine Bewerbungen mit Sorgfalt verfasst, flüsterte sie entmutigt. Warum erhalte ich keine Chance?

Die Selbstzweifel wurden von Angst begleitet. Antonia hatte Angst davor, dass ihre finanzielle Situation sich weiter verschlechtern würde, dass sie keinen Weg aus dieser Misere finden würde. Die Unsicherheit über ihre berufliche Zukunft legte sich wie ein schwerer Schatten über ihr Gemüt. In diesen dunklen Momenten war es schwer für Antonia, positiv zu bleiben. Aber tief in ihrem Inneren wusste sie, dass sie nicht aufgeben durfte. Sie erinnerte sich an die Unterstützung und Ermutigung ihrer Freunde und an ihre eigene Entschlossenheit, ihre Ziele zu erreichen.

Ich darf nicht zulassen, dass diese Rückschläge mich besiegen, sagte sie sich selbst. Es ist nur ein Hindernis auf meinem Weg, und ich werde einen Weg finden, es zu überwinden. Ich muss nur weitermachen und mich nicht von meinen Zweifeln lähmen lassen.

Obwohl es schwer war, die Enttäuschung über die bisherigen Rückschläge zu überwinden, erinnerte sich Antonia daran, dass Misserfolge ein Teil des Lebens waren und dass sie aus ihnen lernen konnte. Sie wollte nicht zulassen, dass diese schwierige Phase sie besiegt. Sie war entschlossen, weiterzumachen und nach neuen Möglichkeiten zu suchen, um ihre beruflichen Träume zu verwirklichen.

An einem der Abende konnte Antonia ihre Frustrationen nicht mehr bewältigen. Sie war am Boden zerstört. Ihr Leben war in nur wenigen Wochen komplett aus den Fugen geraten. Erst hatte sie ihren Job in der Werbeagentur verloren, dann hatte Marco sich von ihr getrennt. Sie fühlte sich allein gelassen und wusste nicht, was sie tun sollte. Tränen rannen über ihre Wangen, als sie sich ihrer verzweifelten Lage bewusst war. Sie hatte kaum mehr Ersparnisse, das Alltagsleben war teuer und nicht der leiseste Schimmer einer Verbesserung war in Sicht. Was sollte sie nur tun? So konnte es nicht weitergehen. Traurig stand sie auf, ging in die Küche, um sich eine Kanne Tee zu kochen. Lizzy hatte ihr vor ein Wochen einen feinen Kräutertee geschenkt, „zur Beruhigung", hatte sie gesagt. Antonia zwang sich zu einem Lächeln, als sie den Tee aufgoss, Beruhigung brauchte sie gerade in diesem Moment. Sie ging ins Wohnzimmer zurück, blätterte durch den Hamburger Anzeiger, den sie sich vor ein paar Tagen gekauft hatte, auf der Suche nach Ablenkung.

Plötzlich fiel ihr Blick wieder auf eine Anzeige, die sie schon einmal gelesen hatte. Eine Familie Petersen auf dem Lande suchte eine Hilfskraft für den Haushalt, ein Witwer mit zwei kleinen Kindern brauchte jemanden, der den Haushalt führte und sich um die Kinder kümmerte. Antonia hatte die Anzeige damals nur flüchtig überflogen, aber jetzt schien es ihre Rettung zu sein. Sie beschloss, sich zu bewerben. Es war eine verrückte Idee, aber sie hatte nichts zu verlieren.

Antonia stand auf, ging ins Badezimmer und wusch sich das Gesicht mit kaltem Wasser. Dann setzte sie sich an ihren Computer und begann, eine Bewerbung zu schreiben. Sie schrieb, dass sie als Grafikerin gearbeitet hatte und dass sie gerne Verantwortung übernahm. Außerdem betonte sie, dass sie flexibel und belastbar war. Sie fügte auch noch ein Foto von sich hinzu, das bei der Feier in der Agentur aufgenommen worden war. Antonia fand sich selbst nicht besonders fotogen, aber auf dem Foto sah sie gut aus.

Als Antonia die Bewerbung fertig hatte, druckte sie sie aus und steckte sie in einen Umschlag. Dann machte sie sich auf den Weg zur Post. Es war ein angenehm warmer Abend und Antonia spürte, wie ihr die liebevollen Strahlen der untergehenden Sonne ins Gesicht schienen. Es war ein gutes Gefühl, endlich wieder etwas zu unternehmen. Sie war zwar immer noch traurig wegen Marco, aber sie spürte auch eine neue Energie in sich.

Kapitel 14
Eine unerwartete Chance

In den folgenden Tagen konnte Antonia nicht anders, als immer wieder auf ihr Handy zu schauen. Sie wartete auf eine Antwort von der Familie, aber es kam keine. Antonia beschloss, sich abzulenken und zog sich ihren Sportdress an. Sie rannte durch den Park und beobachtete die Menschen um sich herum. Ein älteres Ehepaar saß auf einer Bank und hielt Händchen. Ein kleiner Junge spielte mit einem Ball. Antonia dachte daran, wie es wäre, eine Familie zu haben. Aber das schien im Moment unerreichbar zu sein.

Als Antonia zurück in ihrer Wohnung war, merkte sie, dass sie müde war. Sie hatte den ganzen Tag über nachgedacht und sich Sorgen gemacht. Sie legte sich auf ihr Bett und schloss die Augen. Plötzlich hörte sie ihr Handy klingeln. Es war eine unbekannte Nummer. Antonia zögerte, aber dann nahm sie ab.

"Frau Leitgeb, hier spricht Gitta Petersen. Mein Bruder und ich haben Ihre Bewerbung bekommen und möchten Sie gerne zu einem Vorstellungsgespräch einladen."

Antonia konnte es kaum glauben. Sie hatte endlich ein Jobangebot, wenn auch ein ganz anderes, als sie es erwartet hatte!

„Möchten Sie am Samstag zu uns kommen und mit uns plaudern? Damit wir Sie kennen lernen und Sie uns?"

„Sehr gerne, Frau Petersen, danke, um wie viel Uhr?"
„Wie wäre es mit drei Uhr am Nachmittag?
„Wunderbar, danke, ich freue mich darauf."

Antonia zog ihr Handy aus der Tasche und wählte Lizzys Nummer. Nach ein paar Klingeltönen nahm Lizzy ab.

"Es ist etwas Aufregendes passiert! Ich habe eine Einladung zu einem Vorstellungsgespräch bekommen."

"Oh, wie aufregend! Herzlichen Glückwunsch, das ist großartig! Um was für eine Stelle geht es denn?"

"Es handelt sich um eine Haushaltshilfe-Stelle bei einem Witwer im Alten Land. Es klingt nach einer interessanten Chance, und ich möchte sie unbedingt wahrnehmen."

"Als Haushaltshilfe? Du? Als talentierte Grafikerin? Andererseits, warum nicht, das klingt verrückt, aber auch irgendwie spannend. Also, ich freue mich für dich, Antonia. Wann denn? Und wo? Hast du eine Idee, wie du dorthin kommst?"

"Das ist im Alten Land, in Mittelnkirchen. Am Samstag, am Nachmittag. Nun ja, öffentliche Verkehrsmittel sind im ländlichen Bereich nicht so gut. Und ich habe ja mein Auto zurückgegeben. Ich werde wohl mit dem Taxi fahren müssen. Es wird zwar teuer, aber es ist mir wichtig, dort pünktlich zu sein."

"Halt, einen Moment, Antonia", sagte Lizzy, „ich habe eine Idee. Ich kann dich hinbringen! Ich könnte dich abholen und wir fahren gemeinsam zum Vorstellungsgespräch. Dann kannst du dir das Taxi sparen."

"Oh Lizzy, das ist wirklich lieb von dir!", sagte Antonia, „bist du sicher, dass das für dich in Ordnung ist? Du musst doch nicht extra deine Wochenendpäne ändern."

"Ach, Quatsch! Ich helfe doch gerne. Du weißt doch, dass ich immer für dich da bin. Außerdem bin ich neugierig auf diese Gelegenheit, dich zu begleiten und das Alte Land zu erkunden."

Antonia lächelte, fühlte sich von Lizzys Freundlichkeit und Unterstützung überwältigt.

"Danke, Lizzy. Du bist wirklich die beste Freundin, die man sich nur wünschen kann. Ich freue mich so sehr, dass du mich begleiten wirst. Dann kannst du auch gleich mitentscheiden, damit ich mich nicht vorschnell für etwas Dummes entscheide."

„Deine einzige dumme Entscheidung war dieser Marco", meinte Lizzy mit leicht erboster Stimme.

„Ach komm, lass das, das habe ich schon hinter mir gelassen", sagte Antonia, „die Zukunft liegt vor mir. Vielleicht sogar im Alten Land."

Die beiden Freundinnen vereinbarten, dass Lizzy Antonia am Samstag um halb drei abholen würde und verabschiedeten sich mit Vorfreude auf das bevorstehende Vorstellungsgespräch und das gemeinsame Abenteuer im Alten Land.

Kapitel 15
Fahrt ins Alte Land

Und so fuhren Antonia und Lizzy am folgenden Samstag los. Während der Fahrt genossen sie die malerische Landschaft, die an ihnen vorbeizog. Die Fahrt führte sie entlang von grünen Feldern und blühenden Obstplantagen, während die Sonne sanft auf das Alte Land schien. Sie erreichten Mittelnkirchen und wurden sofort von der friedlichen und idyllischen Atmosphäre des Dorfes empfangen. Als sie durch die engen, von Obstbäumen gesäumten Straßen fuhren, konnten sie den Duft der Obstblüten in der Luft wahrnehmen, der den Ort mit einem süßen Aroma erfüllte. Die Landschaft war von sattgrünen Wiesen und den charakteristischen roten Backsteinhäusern geprägt, die typisch für die Region waren.

Lizzy fuhr bis zum Haus, dessen Adresse Frau Petersen Antonia gesagt hatte. Der Vorgarten war liebevoll gestaltet, mit bunten Blumenbeeten und gepflegten Rasenflächen. Lizzy bot an, während des Vorstellungsgesprächs auf einen Kaffee im örtlichen Wirtshaus zu gehen und ermutigte Antonia, sich selbst treu zu bleiben und ihr Bestes zu geben. Antonia stieg aus dem Auto aus und betraten ein gepflegtes Grundstück. Sie spürte eine beruhigende Gelassenheit, die sie seit Wochen nicht mehr empfunden hatte. Das Haus lag abseits der Hauptstraße und bot eine ruhige und abgeschiedene

Umgebung. Als sie geklingelt hatte, öffnete ihr Frau Petersen die Tür.

Antonia spürte, wie ihre Nervosität langsam abklang und einer aufgeregten Erwartung wich. Sie konnte das leise Summen der Bienen in den Blüten hören und das sanfte Rascheln der Blätter in der leichten Brise. Die Umgebung strahlte eine natürliche Ruhe aus, die Antonia sofort beruhigte und ihr half, sich auf das bevorstehende Vorstellungsgespräch vorzubereiten.

Beim Betreten des Hauses wurde Antonia von einer warmen und einladenden Atmosphäre empfangen. Der Duft von frisch gebackenem Kuchen und Kaffee erfüllte die Luft. Die Einrichtung war einfach, aber gemütlich. Der Wohnbereich war mit bequemen Möbeln und warmen Farben eingerichtet, die zum Entspannen einluden. Durch die Fenster konnte sie einen Blick auf den liebevoll angelegten Garten werfen, der zum Verweilen und Genießen der Natur einlud. Antonia fühlte sich sofort wohl und spürte, dass dieser Ort eine Oase der Ruhe und Geborgenheit war. Die entspannte und familiäre Atmosphäre ließ sie all ihre Sorgen vergessen. Sie konnte sich gut vorstellen, hier zu leben und ein Teil dieses idyllischen Dorfes zu werden.

Frau Petersen begleitete Antonia mit einem freundlichen Lächeln ins Wohnzimmer von Gregor. "Willkommen, Frau Leitgeb. Setzen Sie sich doch bitte", sagte sie und bot ihr einen Stuhl an. "Ich habe meinem Bruder Gregor von Ihrer Bewerbung erzählt und er ist sehr interessiert daran, Sie kennenzulernen. Er braucht dringend Unterstützung bei der Kinderbetreuung und im Haushalt." Antonia setzte sich und spürte, wie ihre Hände leicht zitterten. Sie wusste, dass sie mit Kindern gut umgehen konnte, das hatte sie schließlich als Babysitterin gerne und gut gemacht. Und was die Führung eines Haushaltes mit zwei Kindern betraf ... nun, sie würde es schaffen, schließlich war sie gut im Organisieren und kochen konnte sie auch gut.

Sie wusste, dass sie sich die Wohnung, die sie gemeinsam mit Marco bewohnt hatte, auf die Dauer nicht mehr leisten konnte. Sie musste diese Chance einfach ergreifen.

Frau Petersen sagte, dass sie die ältere Schwester von Gregor war. „Mein Bruder ist seit einem Jahr Witwer, seine Frau ist bei einen Verkehrsunfall ums Leben gekommen. Ich wohne seither wochenweise hier, um ihm zu helfen." Sie schien Antonia eine liebevolle und fürsorgliche Frau zu sein, deren Hauptanliegen darin bestand, ihrem Bruder und seinen Kindern in schwierigen Zeiten beizustehen.

Mit ihrem grauen Haar, das zu einem ordentlichen Knoten gesteckt war, und ihren freundlichen Augen strahlte sie eine besondere Ruhe und Geborgenheit aus. Ihre Präsenz vermittelte ein Gefühl von Vertrauen und Zuversicht. Antonia spürte sofort die warme Verbundenheit, die Frau Petersen für ihre Familie empfand. Sie sprach bedacht und mitfühlend, während sie über die Situation von Gregor und seiner Familie sprach.

Gitta Petersen stellte Antonia Fragen zu ihrer Erfahrung im Haushalt und ihrer Verfügbarkeit. Antonia beantwortete die Fragen ehrlich und betonte ihre Fähigkeit zur Organisation und ihre Flexibilität. Sie erzählte von ihrer Liebe zum Kochen und ihrer Freude daran, einen sauberen und ordentlichen Haushalt zu führen. Während des Gesprächs drangen die Geräusche von spielenden Kindern aus dem Nebenraum. Antonia konnte ihre Neugierde kaum zügeln und wollte die Kinder kennenlernen, um zu sehen, wie sie mit ihnen zurechtkommen würde. "Und wie stehen Sie zu Kindern?" fragte Frau Petersen. "Gregor hat zwei kleine Kinder, einen Jungen namens Lukas, fünf Jahre alt, er geht in den Kindergarten. Und ein Mädchen namens Uschi, sie ist sieben. Die beiden brauchen dringend liebevolle Betreuung. Gregors Frau, meine liebe Schwägerin Sabine, ist wie gesagt vor einem Jahr bei einem Autounfall ums Leben gekommen."
Antonia lächelte nervös. "Kinder sind wundervolle Wesen und ich bin bereit, von ihnen zu lernen und sie auf ihrem Weg zu begleiten. Ich habe während meiner Studienzeit als Babysitterin gearbeitet und eine tiefe Verbindung zu den Kleinen aufgebaut, um die ich mich gekümmert habe. Mit den meisten bin ich immer noch in Kontakt, besuche sie und die Eltern sagen mir immer, dass ich die beste Babysitterin

war."

Frau Petersen schien von Antonias positiver Einstellung beeindruckt zu sein. "Das klingt gut", sagte sie lächelnd, „mein Bruder wird gleich kommen, dann können Sie einander persönlich kennen lernen."

Und dann kam Antonias möglicher neuer Arbeitgeber ins Zimmer. Frau Petersen stand auf, verließ das Zimmer, um Kaffee und Kuchen zu holen. Gregor Petersen war ein freundlich aussehender Mann mit einem warmen Lächeln auf den Lippen. Antonia bemerkte, dass er eine gewisse Ernsthaftigkeit in seinem Blick trug, was sie vermuten ließ, dass er nicht sonderlich glücklich war, immerhin hatte er seine Frau und die Mutter seiner Kinder gerade erst vor einem Jahr verloren.

„Ich bin sehr daran interessiert, diese Stelle anzunehmen", sagte sie, nachdem sie einander begrüßt hatten.

Herr Petersen nickte und schaute sie ernst an.

"Es ist mir wichtig, dass die Haushaltshilfe nicht nur ihre Aufgaben erfüllt, sondern auch eine Verbindung zu meiner Familie herstellen kann", sagt er, „ich habe zwei kleine Kinder, und ich wünsche mir sehnlichst, dass sie sich wohlfühlen und gut umsorgt werden. Lena ist sieben Jahre alt und geht in die Volksschule, Lukas ist erst fünf und geht noch in den Kindergarten. Wie stehen Sie zu Kindern?"

Antonia lächelte und antwortete: „Ich verstehe die Bedeutung einer liebevollen und fürsorglichen

Umgebung für Kinder. Ich habe selbst Erfahrungen im Umgang mit Kindern. Ich weiß, dass ich eine positive Verbindung zu Kindern aufbauen kann."

Herr Petersen schien zufrieden mit ihrer Antwort zu sein und nickte erneut. "Das klingt vielversprechend. Ich möchte Ihnen also die Stelle als Haushaltshilfe anbieten, Frau Leitgeb. Wenn Sie damit einverstanden sind, können wir die weiteren Details besprechen."

Antonia spürte eine Welle der Erleichterung über die positive Nachricht. Sie konnte ihr Glück kaum fassen und strahlte vor Freude.

"Vielen Dank, Herr Petersen! Ich bin wirklich dankbar für diese Möglichkeit und freue mich darauf, bei Ihnen und Ihrer Familie zu arbeiten. Gerne können wir die Einzelheiten besprechen und einen Arbeitsvertrag aufsetzen."

Herr Petersen lächelte und reichte Antonia die Hand: "Herzlichen Glückwunsch, Frau Leitgeb! Ich bin froh, dass Sie sich für die Stelle entschieden haben. Ich bin sicher, dass Sie eine wertvolle Bereicherung für unser Zuhause sein werden."

Antonia nahm seine Hand und schüttelte sie freudig. "Vielen Dank, Herr Petersen. Ich werde mein Bestes geben, um den Anforderungen gerecht zu werden und Ihnen und Ihrer Familie eine gute Unterstützung zu sein."

Nachdem das Vorstellungsgespräch erfolgreich abgeschlossen war und Herr Petersen Antonia als

Haushaltshilfe eingestellt hatte, entschieden sie sich, gemeinsam Kaffee und Kuchen zu genießen. Frau Petersen hatte einen köstlichen Kuchen gebacken, der nun schon verlockend auf dem Tisch stand.

Die Atmosphäre war entspannt und Antonia war glücklich über die familiäre Atmosphäre, die zwischen Gregor und seiner Schwester herrschte. Sie erzählten sich Geschichten und tauschten sich über die bevorstehenden Veränderungen im Haushalt aus.

Frau Petersen erzählte von den kleinen Traditionen und Gewohnheiten, die in der Familie gepflegt wurden, und wie wichtig es war, eine solide Unterstützung in schwierigen Zeiten zu haben.

Antonia fühlte sich von Anfang an von Frau Petersen angenommen und in die Familie integriert. Der Kaffee und der Kuchen waren nicht nur eine köstliche Leckerei, sondern auch ein Symbol der Gastfreundschaft und des Zusammenhalts.

Antonia fühlte sich wohl in dieser vertrauten und warmherzigen Umgebung. Sie spürte, dass sie nicht nur eine Arbeitsstelle gefunden hatte, sondern auch eine neue Gemeinschaft, die sie unterstützen und willkommen heißen würde.

Es war ein Moment des Zusammenseins und der vorsichtigen Freude auf die Zukunft. Diese Kaffeejause war nicht nur ein kulinarisches Vergnügen, sondern auch ein symbolischer Startpunkt für die kommende Zeit. Es war ein Moment des Innehaltens und des Genießens, der ihnen allen zeigte, dass sie gemeinsam stark sein würden.

Während Antonia das Geschirr auf das Servierbrett stellte, um es in die Küche zu tragen, hörte sie plötzlich leises Lachen und das Trippeln kleiner Füße. Die Kinder von Gregor, Lena und Lukas, waren hereingestürmt und kamen neugierig ins Wohnzimmer.

Lena, das ältere der beiden Geschwister, war ein aufgewecktes Mädchen mit langen braunen Locken und einem schelmischen Lächeln. Sie war vorsichtig, aber dennoch neugierig, als sie Antonia sah. Sie blickte schüchtern zu ihrem Papa und ihrer Tante, um zu sehen, wie sie reagierten.

Lukas, der jüngere Bruder, folgte Lena mit einem breiten Lächeln im Gesicht. Seine blonden Haare standen wild durcheinander, und seine Augen funkelten. Er betrachtete Antonia neugierig und schien von ihrem Anblick fasziniert zu sein.

Antonia spürte, wie sich ihr Herz vor Freude und Wärme füllte, als sie die beiden Kinder sah. Sie konnte die Unsicherheit in ihren Augen erkennen, aber auch die Neugier und den Wunsch, Antonia kennenzulernen.

Mit einem liebevollen Lächeln erhob sich Antonia und ging auf Lena und Lukas zu. Sie kniete sich vor ihnen nieder, um auf Augenhöhe zu sein, und begrüßte sie sanft: "Hallo, ich bin Antonia. Es freut mich sehr, euch kennenzulernen."

Lena und Lukas erwiderten die Begrüßung mit

schüchternen "Hallos" und lächelten zurück. Antonia konnte spüren, wie die anfängliche Zurückhaltung langsam einer gewissen Offenheit wich.

Die Kinder begannen langsam aufzutauen und öffneten sich Antonia gegenüber. Sie erzählten ihr von ihren Lieblingsspielen, ihren Hobbys und ihrer Vorliebe für den Garten. Antonia hörte aufmerksam zu und ermutigte sie, von ihren Interessen und Wünschen zu erzählen.

In diesem Moment fühlte Antonia, dass sie nicht nur einen Job gefunden hatte, sondern auch eine Familie, in der sie sich willkommen fühlte. Die vorsichtige Annäherung der Kinder und ihr Interesse an ihr zeigten ihr, dass sie auf dem richtigen Weg war, eine Verbindung zu ihnen aufzubauen.

Als Antonia das Haus verließ, um auf Lizzy zu warten, überfielen sie trotz ihrer positiven Aufregung Zweifel. Sie hatte immer in der Stadt gewohnt und das Landleben war für sie völlig fremd. Die Frage, wie sie sich anpassen würde und ob sie mit den Herausforderungen des Lebens auf dem Lande zurechtkommen würde, kamen ihr plötzlich zu Bewusstsein.

Als Lizzy ankam, stieg Antonia ein und die beiden Freundinnen fuhren wieder nach Hamburg. Antonia erzählte Lizzy von dem erfolgreichen Vorstellungsgespräch und dass sie nun also ins Alte Land ziehen würde, um den Haushalt eines Witwers zu führen und zwei kleine Kinder zu betreuen.

„Das Landleben … ich weiß nicht …" sagte sie zögernd zu ihrer Freundin, die konzentriert das Auto lenkte, „habe ich mich da nicht vorschnell entschieden?"

„Hey, Antonia, alles in Ordnung? Du hörst dich besorgt an."

„Ach, ich mache mir einfach Gedanken über das Landleben. Es ist so anders als das, was ich bisher gewohnt war. Ich frage mich, ob ich mich daran anpassen kann."

„Glaub mir, das Landleben hat auch seine Vorteile. Es ist ruhiger, friedlicher und es gibt hier so viel Natur und Freiraum."

„Es sind auch die Veränderungen im Alltag, die mich ein wenig verunsichern. Ich werde nicht mehr in der Stadt wohnen, keine kurzen Wege zu meinen gewohnten Orten haben. Es wird eine ganz neue Routine sein."

„Veränderungen können gruselig sein, das stimmt, liebe Antonia. Aber wer weiß, vielleicht findest du in dieser neuen Umgebung sogar noch mehr Inspiration für deine Arbeit als Grafikerin und Malerin, du malst doch so gern."

„Das habe ich ein bisschen vernachlässigt, während meiner Arbeit bei Kreativa, das war schon sehr stressig dort. Kann schon sein, dass ich damit wieder anfange. Und du hast recht, Lizzy. Es ist wichtig, positiv zu denken und diese Chance anzunehmen. Ich werde meine Wohnung kündigen und das Unbekannte willkommen heißen. Vielleicht wird das

Landleben genau das sein, was ich brauche, um mein Leben wieder in Ordnung zu bringen."

„Das ist die richtige Einstellung!"

„Ich bin gespannt auf das, was kommen wird. Eine vollkommen neue Umgebung, ein vollkommen neuer Arbeitsbereich … ich lasse mich darauf ein. Voll und ganz."

„Das ist der Geist, den ich sehen wollte! Das ist meine Antonia!"

Obwohl Unsicherheiten noch immer in Antonias Kopf schwirrten, spürte sie auch eine große Vorfreude auf die neuen Erfahrungen und die Möglichkeit, ihr Leben neu zu gestalten. Sie war bereit für dieses Abenteuer und darauf gespannt, was das Landleben für sie bereithalten würde.

Kapitel 16
Umzug

Antonia bereitete ihren Umzug ins Alte Land vor. Sie kündigte ihre Wohnung in Hamburg und begann, ihre Habseligkeiten zu sortieren und einzupacken. Es war ein Abschied von einem Kapitel in ihrem Leben, aber auch der Beginn eines neuen Abenteuers.

Sie verbrachte die letzten Tage in der Stadt damit, sich von Lizzy zu verabschieden. Die beiden Freundinnen verbrachten eine emotionale Zeit zusammen, erinnerten sich an die gemeinsamen Erlebnisse und versprachen, dass ihre Freundschaft weiterhin stark sein würde, obwohl sie nun räumlich getrennt waren.

Antonia versicherte Lizzy, dass sie regelmäßig nach Hamburg kommen würde, um Zeit miteinander zu verbringen. Sie vereinbarten, sich mindestens einmal im Monat zum Essen oder auf einen Kaffee zu treffen, um auf dem Laufenden zu bleiben und ihre Verbindung aufrechtzuerhalten.

Bevor sich Antonia von Lizzy verabschiedete, rückte Lizzy mit einer Überraschung heraus, sie konnte ihre aufgeregte Freude kaum zurückhalten.

"Lizzy, du hast ja ein strahlendes Lächeln im Gesicht. Was ist passiert?", fragte Antonia neugierig.

Lizzy antwortete mit einem breiten Grinsen: "Antonia, ich habe mich verliebt! Es ist Luigi, der Grafiker, mit dem du früher bei Kreativa zusammengearbeitet hast. Wir haben uns auf einer

Veranstaltung wiedergetroffen und seitdem sind wir unzertrennlich."

Antonia spürte die Aufregung und Freude ihrer Freundin und lächelte warmherzig. "Das ist wunderbar, Lizzy! Luigi ist ein großartiger Mann und ich kann verstehen, warum du dich in ihn verliebt hast. Er ist nicht nur talentiert, sondern auch so charmant."

Lizzy nickte aufgeregt und fuhr fort: "Genau! Wir verstehen uns so gut und teilen viele gemeinsame Interessen. Es fühlt sich an, als ob wir uns schon ewig kennen würden. Ich bin so dankbar, dass ich ihn wiedergetroffen habe."

Antonia war erleichtert, dass Lizzy jemanden hatte, der sie glücklich machte. So fiel es ihr leichter, sich von Lizzy und der vertrauten Umgebung der Stadt zu verabschieden.

Mit einem wehmütigen Gefühl im Herzen und gleichzeitig voller Vorfreude auf ihr neues Leben machte sich Antonia schließlich bereit für den Umzug aufs Land. Sie packte die letzten Kartons in Lizzys Auto, verabschiedete sich von ihrem alten Zuhause und machte sich mit ihrer Freundin auf den Weg nach Mittelnkirchen, wo Herr Petersen und seine Kinder auf sie warteten.

Die Fahrt ins Alte Land war geprägt von gemischten Gefühlen. Antonia spürte eine Mischung aus Aufregung und Unsicherheit, aber auch eine tiefe Dankbarkeit für die Möglichkeit, in einer neuen

Umgebung einen Neuanfang machen zu können.

Sie war gespannt darauf, wie sich ihr Leben entwickeln würde und wie sie sich in ihrer neuen Rolle als Haushaltshilfe und Unterstützung für Gregor Petersen und seine Kinder zurechtfinden würde. Aber sie war auch zuversichtlich, dass sie den Herausforderungen gewachsen sein würde und dass sie in Mittelnkirchen ein erfülltes und glückliches Leben führen könnte.

Als Antonia ihre neue Heimat im Alten Land erreichte, spürte sie Aufregung und Vorfreude auf die kommende Zeit. Sie war bereit, sich auf das Unbekannte einzulassen, neue Menschen kennenzulernen und ihr eigenes Glück inmitten der idyllischen Landschaft des Alten Landes zu finden.

Lizzy parkte das Auto vor dem Haus von Gregor Petersen. Sie öffnete den Kofferraum und half Antonia, ihre Koffer und Kisten herauszunehmen. Gemeinsam trugen sie die Lasten die Einfahrt entlang und betraten das Haus.

Frau Petersen öffnete die Tür und begrüßte die beiden Freundinnen. „Kann ich Ihnen beim Reintragen helfen?"

„Nein, das geht schon", sagte Lizzy herzlich und half Antonia, die Sachen in den oberen Stock ins Zimmer zu tragen, das für Antonia vorgesehen war.

Antonia war Lizzy unendlich dankbar für ihre Hilfe und Unterstützung. Sie schaute sich um und nahm die neue Umgebung in sich auf. Hier würde sie also wohnen und arbeiten, für eine noch unbestimmte

Zeit. Vielleicht nur so lange, bis Gregor Petersen eine neue Freundin gefunden hatte?

Als sie die letzten Kisten in Antonias Zimmer getragen hatten, wandte sich Antonia an Lizzy: "Lizzy, ich weiß gar nicht, wie ich dir für alles danken soll."

Lizzy lächelte warmherzig und legte eine Hand auf Antonias Schulter. "Du musst dich nicht bedanken, Antonia. Ich bin froh, dass ich dir helfen konnte. Du bist meine liebste und beste Freundin. Wenn du irgendetwas brauchst, zögere nicht, mich anzurufen."

Antonia nickte dankbar und umarmte Lizzy fest. "Danke, Lizzy. Du bist ein wahrer Segen für mich. Ich werde dich vermissen, aber ich bin froh, dass du immer nur einen Anruf entfernt bist."

Frau Petersen fragte, ob Lizzy noch zum Kaffee bleiben wollte, aber Lizzy musste wieder ins Café Aurora. Sie hatte sich ein paar Stunden freigenommen, um Antonia zu helfen, nun musste sie wieder arbeiten.

Nach einer herzlichen Verabschiedung stieg Lizzy wieder ins Auto und fuhr langsam die Einfahrt hinunter. Antonia stand im Vorgarten und winkte ihr hinterher, bis das Auto um die Ecke verschwand.

Ein leichter Hauch der Melancholie lag in der Luft, aber Antonia wusste, dass dies der Beginn ihres neuen Lebens war. Sie trat ins Haus und schloss die Tür hinter sich. Es war Zeit, ihre Sachen auszupacken und ihr neues Kapitel auf dem Lande zu beginnen.

Antonia trat in das Zimmer, das sie bewohnen würde, und nahm die Umgebung genau in sich auf. Es war ein gemütlicher Raum mit einem großen Fenster, das viel Tageslicht hereinließ und einen malerischen Blick auf den Garten bot.

Die Wände waren in einem sanften Blauton gestrichen, der eine beruhigende Atmosphäre schuf. Ein schlichter Schreibtisch stand an einer Wand, auf dem Antonia ihre persönlichen Dinge und ihre Arbeitsunterlagen platzieren konnte. Es war ein praktischer Ort, an dem sie ihr Tagebuch schreiben konnte und wo sie vielleicht sogar wieder zu malen beginne würde.

Ein bequemes Bett mit einer frischen Bettwäsche war gegenüber dem Fenster platziert. Antonia konnte sich vorstellen, dort zu entspannen und nach einem langen Tag zur Ruhe zu kommen. Neben dem Bett stand ein Nachttisch mit einer kleinen Lampe und genügend Platz für ein Buch oder eine Tasse Tee.

In einer Ecke des Zimmers befand sich ein geräumiger Kleiderschrank, der ausreichend Platz für Antonias Kleidung und persönliche Gegenstände bot. Sie begann damit, ihre Kleider aufzuhängen und ihre Sachen in den Schrank zu sortieren, während sie überlegte, wie sie den Raum weiterhin gemütlich gestalten könnte.

Antonia spürte die Wärme und Geborgenheit, die das Zimmer ausstrahlte. Es war ein Ort, an dem sie sich zurückziehen und zur Ruhe kommen konnte, aber auch ein Ort, an dem sie sich inspirieren und produktiv sein konnte. Sie fühlte sich dankbar, dass Gregor ihr dieses Zimmer zur Verfügung stellte und sie Teil seines Hauses und seiner Familie sein durfte.

Nachdem Antonia ihr neues Zimmer erkundet hatte, beschloss sie, es mit einigen persönlichen Gegenständen und Dekorationen zu verschönern. Sie hängte ein Bild an die Wand, das sie an eine besondere Begebenheit mit Lizzy erinnerte, auch ein Foto ihrer innig geliebten Eltern, die nicht mehr lebten. Sie stellte ihre Lieblingsbücher auf das Regal neben dem Schreibtisch. Es war wichtig für sie, einen Raum zu schaffen, der ihre Persönlichkeit widerspiegelte und an dem sie sich zu Hause fühlen konnte.

Mit jedem Handgriff und jedem Schritt, den Antonia in ihrem neuen Zimmer unternahm, spürte sie eine wachsende Vorfreude auf die kommenden Tage und Wochen. Sie war bereit, ihr neues Leben auf dem Land anzunehmen, sich in dieser gemütlichen Umgebung einzuleben und eine neue Routine zu entwickeln.

Das Zimmer würde nicht nur ihr privater Rückzugsort sein, sondern auch ein Ort, an dem sie sich auf ihre neuen Aufgaben als Haushaltshilfe konzentrieren konnte. Es war der Beginn eines neuen Kapitels in ihrem Leben.

Kapitel 17
Spaghetti

Antonia hatte das Mittagessen zubereitet, sie hatte sich für Spaghetti entschieden, weil sie annahm, dass Lena und Lukas das genau so gerne aßen wie alle anderen Kinder. Die beiden Kleinen waren soeben aus der Schule und dem Kindergarten nach Hause gekommen und aßen nun im Esszimmer. „Das ist unser Lieblingsessen", sagte Lena und Lukas nickte.

Antonia war beruhigt, dass sie sich richtig entschieden hatte und sah den Kindern zu, wie sie genüsslich aßen.

Sie lächelte die Kinder aufmunternd an und begann mit sanfter Stimme zu sprechen: "Ich freue mich sehr, euch kennenzulernen und bei euch zu sein. Ich hoffe, wir können gute Freunde werden."

Die beiden Kinder sahen sie neugierig an, noch etwas schüchtern und unsicher. Antonia spürte ihre Zurückhaltung, aber sie war fest entschlossen, ein Vertrauensverhältnis aufzubauen.

"Wie war euer Tag heute?", fragte Antonia und versuchte das Eis zu brechen. "Habt ihr etwas Besonderes gemacht?"

Lena hob den Kopf und begann zu erzählen, wie sie in der Schule war und was sie in den Pausen gemacht hatte. Lukas fing an, sich zu öffnen und erzählte von seinem Tag im Kindergarten und den Spielen, die er mit seinen Freunden gespielt hatte.

Antonia hörte aufmerksam zu und stellte ihnen

Fragen, um mehr über ihre Interessen und Vorlieben zu erfahren. Sie entdeckte, dass Lena gerne zeichnete und Geschichten erfand, während Lukas ein großer Fan von Autos und Fußball war. Antonia fand Gemeinsamkeiten, über die sie sich austauschen konnte, und ermutigte die Kinder, mehr über ihre Leidenschaften zu erzählen.

"Wisst ihr was?", sagte Antonia lächelnd. "Ich mag auch gerne zeichnen und höre gerne Musik. Vielleicht können wir zusammen etwas malen oder unsere Lieblingslieder hören?"

Die Augen von Lena und Lukas leuchteten auf. Antonia spürte, wie sich eine Verbindung zwischen ihnen entwickelte, und sie war erleichtert. Sie wusste, dass es Zeit brauchen würde, das Vertrauen von Herrn Petersen zu gewinnen, aber sie war zuversichtlich, dass sie mit Lena und Lukas bereits einen guten Start hatte.

Als sie gemeinsam über ihre Hobbys und Lieblingsaktivitäten sprachen, wusste Antonia, dass diese Beziehung wachsen und zu etwas Besonderem werden könnte. Mit jedem Gespräch, das sie mit den Kindern führte, wurde Antonia zuversichtlicher, dass sie in ihrer Rolle als Haushaltshilfe und Bezugsperson für Lena und Lukas wachsen würde. Sie war bereit, ihnen Liebe, Unterstützung und eine sichere Umgebung zu bieten, während sie sich gleichzeitig bemühen musste, das Vertrauen von Gregor zu gewinnen und ihn in seiner Trauer zu unterstützen.

Am Nachmittag stand Antonia vor der Tür des Kinderzimmers und lauschte den fröhlichen Stimmen von Lena und Lukas, die darin spielten. Sie konnte das Lachen und die aufgeregten Unterhaltungen der beiden hören.

Vorsichtig öffnete Antonia die Tür einen Spalt und schaute hinein. Sie sah Lena, wie sie konzentriert an ihrem Schreibtisch saß und eifrig ihre Hausaufgaben machte. Ihr blondes Haar fiel in sanften Locken über ihre Schultern, während sie mit ernstem Blick die Seiten studierte.

Lukas hingegen tobte fröhlich auf dem Boden herum, einen Fußball in seinen kleinen Händen. Er war voller Energie und begeistert von dem Spiel, das er gerade erfunden hatte. Seine leuchtenden Augen und sein breites Lächeln zeugten von seiner puren Freude.

Antonia lauschte ihren Gesprächen und konnte ihre Geschwisterliebe spüren, die zwischen den beiden herrschte. Lena erklärte Lukas geduldig, dass sie gerade leider nicht mit ihm spielen könnte, während Lukas mit Begeisterung seine Ideen für neue Spiele teilte.

"Ich denke, wenn wir den Ball so werfen und dann um die Stühle herum laufen, können wir ein Tor schießen!", rief Lukas aufgeregt aus.

Lena überlegte einen Moment und sagte dann mit einem leichten Lächeln: "Ja, das könnte klappen! Aber pass auf, dass du nicht gegen den Schreibtisch rennst. Ich muss noch fertig schreiben. Und du könntest dich verletzen!" Lena wirkte, als wäre sie sich der besonderen Aufgabe, ihren kleinen Bruder zu beschützen, voll bewusst. Man sah ihr an, dass sie als ältere Schwester auch manchmal streng mit ihm sein konnte.

Antonia war gerührt von der liebevollen Art, wie Lena sich um ihren jüngeren Bruder kümmerte und ihm half, seine Ideen umzusetzen. Es war offensichtlich, dass sie eine starke Bindung zueinander hatten und einander bedingungslos unterstützten.

Während sie weiterhin die beiden beobachtete, konnte Antonia nicht umhin, stolz auf Lena zu sein. Sie bewunderte ihre Intelligenz, ihre Entschlossenheit und ihre Bereitschaft, sich um Lukas zu kümmern, besonders in schwierigen Zeiten. Trotz ihrer energischen Seite war Lena offenbar ein unglaublich liebevolles und fürsorgliches Mädchen.

Und Lukas strahlte mit seiner fröhlichen Art. Antonia erkannte, wie wichtig es für ihn war, sich von seiner Familie geliebt zu fühlen. Sie fühlte sich geehrt, Teil dieses Prozesses zu sein und dazu beizutragen, eine positive und unterstützende Umgebung für beide Kinder zu schaffen.

Antonia wusste, dass es eine Herausforderung sein würde, sich an diese neue Rolle anzupassen und das Vertrauen von Lena und Lukas zu gewinnen, aber in diesem Moment fühlte sie sich zuversichtlich. Sie war bereit, ihnen mit all ihrer Liebe, Geduld und

Unterstützung zur Seite zu stehen und ihnen dabei zu helfen, ein glückliches und erfülltes Leben zu führen.

Während sie langsam in die Küche ging, um das Abendessen vorzubereiten, erhielt sie einen Anruf. Die Nummer kannte sie: Marco. Sollte sie abheben? Sie nahm den Anruf an.

"Antonia, wie geht's dir?", fragte Marco am anderen Ende der Leitung.

Antonias Atem stockte. Was soll ich tun, dachte sie, er fragt mich, wie es mir geht, als wäre nichts geschehen.

Zögernd entschloss sie sich, freundlich zu sein: "Hallo Marco, mir geht es gut. Was gibt es denn?"

"Ich weiß, dass ich dich verletzt habe, und ich wollte mich entschuldigen. Es war falsch von mir, was ich getan habe, es tut mir schrecklich leid, ich hätte dich niemals so hintergehen dürfen. Ich vermisse dich so sehr und ich wollte fragen, ob wir es noch mal versuchen können."

Antonias Herz schlug schneller und sie wusste nicht, was sie sagen sollte. Sie hatte die ganze Marco-Angelegenheit hinter sich lassen wollen, sie hatte alle Erinnerungen an ihn verdrängt.

"Ich weiß nicht, Marco. Es ist viel passiert und ich habe gerade einen neuen Job und ich ..."

"Bitte, Antonia. Gib mir eine Chance, es wieder gutzumachen. Ich will dich nicht verlieren."

Antonia schluckte schwer. Eine ungewollte Rührung

überkam sie. Ja, sie hatte ihn sehr gern gehabt, sie hatte an eine Zukunft mit Heirat und Kindern gedacht. "Ich ... ich muss drüber nachdenken, okay? Ich melde mich bei dir."

"Okay, das ist fair. Ich warte auf deinen Anruf."

„Und was ist mit Uschi?"

„Ach, Uschi, sie ist so verärgert, dass ich dich so mies behandelt habe. Sie glaubt, dass ich ihr genau dasselbe antun würde. Sie hat sich eine Auszeit genommen. Sie ist aus unserer gemeinsamen Wohnung ausgezogen."

Auszeit?, dachte Antonia ... das konnte ja eigentlich nur bedeuten, dass die beiden noch immer irgendwie zusammen sein wollten?

„Jetzt willst du mich als Zwischenlösung, bis Uschi wieder zu dir zurückkommt?"

„Nein, so ist das nicht", sagte Marco erbost, „ich will dich nicht verlieren."

„Lass gut sein", sagte Antonia, „ich werde darüber nachdenken."

Antonia legte auf und atmete tief durch. Was sollte sie jetzt tun? Sollte sie Marco eine zweite Chance geben oder bei Herrn Petersen und seinen Kindern bleiben?

Kapitel 18
Ein paar Wochen vergingen

Antonia hatte bereits eine tiefe Bindung zu den Kindern aufgebaut, obwohl sie noch gar nicht so lange bei ihnen war. Lena und Lukas hatten ihr Herz für sich gewonnen und das wollte sie nicht einfach aufgeben. Vor allem auch, weil sie eine Verantwortung gegenüber den Kleinen spürte. Vor einem Jahr erst hatten sie ihre Mutter verloren, nun hofften alle, dass endlich wieder Stabilität in die Familie kam. Das konnte sie der Familie von Herrn Petersen nicht antun.

Gregor Petersen hingegen war distanziert und zurückhaltend, das hatte Antonia von Anfang an akzeptiert. Sie nahm an, dass er noch immer in Trauer um seine verstorbene Frau Sabine war. Sie hatte versucht, ihm gegenüber freundlich zu sein, aber er schien nicht viel Interesse an ihr zu haben. Immerhin hat er eine Haushaltshilfe gesucht, dachte Antonia, und nicht eine Gesprächspartnerin.

Gregor Petersen erschien ihr als ein charmanter und einfühlsamer Mann. Wenn er mit seinen Kindern sprach, spielte ein warmes Lächeln in seinem Gesicht, das seine Augen zum Leuchten brachte. Mit seinen dunkelbraunen Haaren, die trotz seiner 30 Jahre schon leicht ergrauten, strahlte er eine gewisse Reife und Gelassenheit aus. Zuhause trug er legere, aber dennoch stilvolle Kleidung. Für seine Arbeit in einem Steuerberatungsbüro zog er sich stets vorzüglich korrekt an, was Antonia sehr gefiel. Er strahlte Selbstvertrauen und Kompetenz aus. Wenn er am Abend von seiner Arbeit aus Hamburg nach Hause kam, machte er oft längere Spaziergänge, dann kam er nach Hause, aß mit seinen Kindern und Antonia zu Abend und zog sich dann in sein Arbeitszimmer zurück.

Antonia kümmerte sich um den Haushalt und die Kinder. Sie kochte, putzte und spielte mit den Kindern. Gregor Petersen arbeitete tagsüber und kam erst spät nach Hause. Antonia hatte das Gefühl, dass sie ihn nie richtig erreichen konnte. Er schien, so nahm sie an, immer in Gedanken bei seiner verstorbenen Frau zu sein.

Ein paar Wochen vergingen und Antonia hatte sich gut in die Familie eingefunden. Sie hatte sogar das Gefühl, dass ihr Chef, Herr Petersen, sie langsam etwas mehr wahrnahm. Eines Abends, als sie zusammen am Esstisch saßen, fragte er sie plötzlich, wie ihr Tag gewesen sei. Antonia war überrascht, dass er sich für sie und ihre Arbeit interessierte.
In den nächsten Tagen begann Gregor sogar, öfter mit ihr zu reden. Er erzählte ihr von seiner Arbeit. Antonia merkte, dass er immer offener wurde und dass er langsam Vertrauen zu ihr fasste.

Die Wochen vergingen. Eines Abends, als die Kinder im Bett waren, fragte Gregor Antonia, ob sie Lust hätte, mit ihm ein Glas Wein zu trinken. Antonia stimmte zu und sie setzten sich gemeinsam auf die Terrasse. Es war ein warmer Sommerabend und sie genossen den Ausblick auf den hübschen Garten. Gregor begann, über seine verstorbene Frau zu sprechen. Antonia hörte ihm zu und merkte, dass er endlich bereit war, darüber zu reden. Sie erzählte ihm von ihrer eigenen Entlassung und Trennung und wie schwer es für sie gewesen war. Gregor schien überrascht zu sein, dass Antonia so offen mit ihm sprach, aber es half ihm offenbar, sich ihr gegenüber langsam zu öffnen.

Er erzählte ihr von seiner Arbeit, von seiner Frau Sabine, und wie schwer es für ihn und seine Kinder war, damit fertig zu werden. Die beiden unterhielten sich bis spät in die Nacht. Antonia hatte das Gefühl, dass sie Gregor endlich nähergekommen war. Sie war dankbar, dass er ihr sein Vertrauen geschenkt hatte und dass sie ihm helfen konnte, mit seiner Trauer umzugehen. Und sie begann, ihn anders wahrzunehmen.

„Wollen wir nicht Du zueinander sagen, Frau Leitgeb?", fragte er sie plötzlich.

„Sehr gerne, das ist viel netter als das förmliche Sie", antwortete Antonia erfreut.

„Gut, dann stoßen wir darauf an. Ich bin Gregor", sagte er und schenkte ihr Glas nochmals voll.

„Und ich bin Antonia, danke für das Du-Wort",

lächelte Antonia herzlich. Sie trank einen Schluck. „Das ist aber genug für heute, ich trinke nicht so viel", sagte sie.

„Ich auch nicht, liebe Antonia. Und nun möchte ich dir auch sagen, wie froh ich bin, dass du dich so gut eingelebt hast und eine so liebevolle Betreuung für die Kinder bist."

Und dann meinte er noch, dass sie eine ausgezeichnete Köchin war.

Antonia spürte ein Kribbeln in ihrem Inneren. Nicht nur, weil er sie als Kinderbetreuerin und Köchin gelobt hatte, sondern wegen seiner freundlichen und offenen Art. Sie fragte sich, ob da mehr sein könnte als nur Freundschaft.

Antonia saß auf dem Bett in ihrem Zimmer und ließ ihren Blick durch das Fenster auf den dunkler werdenden Himmel gleiten. Die Sonne war langsam am Horizont untergegangen, und der Himmel färbte sich in sanften Rosa- und Orangetönen. Eine leichte Brise strich über ihr Gesicht. Während sie den Anblick der Natur genoss, waren ihre Gedanken mit wirbelnden Zweifeln und Ängsten gefüllt. Dieser Abend mit Gregor hatte in ihr etwas ausgelöst, die sie nicht ignorieren konnte. Aber gleichzeitig spürte sie die Narben der Vergangenheit, die sich tief in ihr Herz gegraben hatten.

Der Schmerz der gescheiterten Beziehung mit Marco war noch frisch. Sie dachte an das Telefonat, als er sie angerufen hatte. Sie hatte sich noch nicht wieder bei ihm gemeldet. Antonia hatte so viel Zeit und Energie in die Beziehung mit Marco investiert, nur um am Ende enttäuscht und verletzt zu werden. Antonia war sich bewusst, dass sie sich nicht in Gregor verlieben durfte, ohne sicher zu sein, dass es die richtige Entscheidung war.

Sie fragte sich, ob sie tatsächlich Gefühle für Gregor entwickelt hatte oder ob sie einfach eine Ablenkung von der Vergangenheit suchte. War sie bereit, ihr Herz erneut zu öffnen und sich den Risiken einer neuen Beziehung auszusetzen?

Sie sehnte sich nach Geborgenheit, nach jemandem, der sie verstand und akzeptierte. Aber die Angst vor dem Schmerz und der Enttäuschung ließ Zweifel in ihr aufkommen. Sie wollte sich nicht in Illusionen verlieren und am Ende wieder mit gebrochenem Herzen dastehen.

Ein Teil von ihr wollte diese Zweifel beiseite schieben und einfach den Moment genießen. Sie fühlte eine Verbindung zu Gregor, eine Vertrautheit und eine Anziehungskraft, die sie nicht leugnen konnte. Aber sie wusste auch, dass es wichtig war, ihre eigenen Emotionen zu verstehen und sich Zeit zu nehmen, um zu reflektieren.

Antonia beschloss, sich selbst die Erlaubnis zu geben, vorsichtig zu sein. Sie würde ihre Gefühle beobachten und auf ihr Bauchgefühl hören. Sie wollte ihre eigenen Bedürfnisse und Wünsche nicht ignorieren, aber gleichzeitig wollte sie sicherstellen, dass sie bereit war, sich erneut auf eine Beziehung einzulassen.

In dieser friedlichen Umgebung, umgeben von der dunkler werdenden Nacht und den stillen Geräuschen aus dem Garten, versprach Antonia sich selbst, auf ihr Herz zu hören und sich Zeit zu nehmen, um ihre eigenen Gefühle zu verstehen. Sie war bereit, sich selbst die Liebe und den Respekt zu geben, die sie verdiente, und eine Entscheidung zu treffen, die im Einklang mit ihrem innersten Wesen stand. Sie wusste, dass es ein Prozess sein würde, aber sie war entschlossen, sich selbst treu zu bleiben. Sie würde auf ihr Herz achten und ihrem eigenen Weg folgen, in der Hoffnung, dass dies sie zu einem Ort der wahren Liebe und des Glücks führen würde.

Kapitel 19
Die Karte

Mehr und mehr kam Antonia Gregor und seinen Kindern näher. Eines Tages, als sie das Haus putzte, fand sie eine Kiste mit Erinnerungsstücken von Gregors Frau. Sie öffnete die Kiste und fand eine Karte, die Gregors Frau ihm an ihrem Hochzeitstag geschrieben hatte. Antonia las die Worte und bemerkte, wie tief die Liebe zwischen den beiden gewesen war. Sie verstand nun, warum Gregor so schwer mit ihrem Verlust fertig werden konnte. Sie beschloss, Gregor die Karte zu zeigen und ihn zu ermutigen, seine Trauer zuzulassen und sich seiner Vergangenheit zu stellen, so wie sie sich ihrer Vergangenheit stellte.

Als er sich am Abend auf der Terrasse neben sie setzte, zeigte sie ihm wortlos die Karte. Sie bemerkte, dass er mit den Tränen kämpfte. Antonia blieb still neben ihm sitzen.

Nachdem er sich beruhigt hatte, sagte er leise: „Sabine war so eine starke Person und hat immer alles im Griff gehabt. Ich fühle mich manchmal so verloren ohne sie."

„Ich weiß, Gregor, ich fühle mit dir. Als meine Eltern gestorben sind, ging es mir auch so. Ich hatte das Gefühl, keinen Boden mehr unter den Füßen zu haben."

„Aber das Leben geht weiter", sagte er und nickte ihr

aufmunternd zu.

Antonia hoffte, dass sich die Bande zwischen ihnen intensivierten, und ihre Gedanken schweiften ab. Sie freute sich auf die kommenden Wochen und Monate, in denen sie gemeinsam mit Gregor und den Kindern eine neue Lebensgemeinschaft aufbauen würde. Es war ein aufregender Schritt in eine ungewisse Zukunft. Ja, sie wollte ihr Herz öffnen.

Sie legte zögernd ihre Hand auf seine und sagte: "Ich kann mir vorstellen, wie schwer das für dich sein muss. Aber ich glaube, dass deine Frau immer noch bei dir ist, auf ihre eigene Weise. Sie wird immer einen Platz in deinem Herzen haben."

Gregor sah sie dankbar an und erzählte: "Sie war so ein wunderbarer Mensch. Wir haben uns in der Schule kennengelernt und waren seitdem unzertrennlich. Wir haben zusammen studiert und dann geheiratet. Sie war meine beste Freundin und die Liebe meines Lebens."

Antonia hörte ihm aufmerksam zu und spürte, wie tief seine Liebe zu seiner Frau war. Sie lauschte seinen Erzählung und spürte, wie sich ihr Herz schwer anfühlte. Sie hatte vermutet, dass Gregor immer noch tief in Trauer um seine Frau gefangen war, aber seine Worte ließen keinen Zweifel daran. Sie dachte daran, wie stark die Liebe zwischen den beiden gewesen sein musste und wie schwer es für Gregor sein musste, diesen Verlust zu verkraften.

Sie wusste, dass sie Gregor gerne näherkommen würde und dass sie Gefühle für ihn entwickelt hatte.

Aber nach diesem Gespräch fragte sie sich, ob sie jemals das Herz dieses Mannes erreichen konnte, der so stark an seiner Vergangenheit festhielt. Sie fühlte sich unsicher und fragte sich, ob es richtig war, ihre Gefühle für ihn zuzulassen. Doch trotz ihrer Zweifel spürte sie, dass sie nicht aufhören konnte, für Gregor und seine Kinder da zu sein und ihnen zu helfen, wo sie konnte.

Sie wusste, dass Gregor Zeit brauchte, um über den Verlust hinwegzukommen, aber sie war bereit, Gregor in jeder Hinsicht zu unterstützen.

Ich wünschte, ich könnte ihn trösten und ihm helfen, aber wie kann ich das tun, wenn er noch so sehr an seiner Frau hängt?, dachte Antonia. Ich glaube, dass ich mich in ihn verliebt habe, aber wie kann ich ihm das sagen, wenn er noch so sehr an seiner Vergangenheit festhält? Wird er jemals in der Lage sein, sein Herz für jemand anderen zu öffnen?

Kapitel 20
Das Picknick

Antonia machte es sich zur Aufgabe, Gregor wieder glücklich zu machen. An einem Wochenende organisierte sie ein Picknick im Freien und nahm die Kinder mit.

Sie hatte Sandwichs, Obst und Getränke eingepackt und war mit Gregor und den Kindern in den nahegelegenen Wald auf eine Lichtung gefahren. Dort hatte sie eine Decke ausgebreitet.

Antonia stellte fest, dass Gregor allmählich aus seiner Verschlossenheit herauskam. Er lächelte und lachte sogar, als die Kinder ihm eine witzige Geschichte erzählten. Es war das erste Mal seit langer Zeit, dass Antonia ihn so glücklich sah.

Während des Picknicks bemerkte Antonia, dass Gregor sie mit einem anderen Blick ansah. Es war, als ob er sie zum ersten Mal wirklich wahrnahm. Antonia fühlte sich seltsam unbehaglich, als sie bemerkte, dass er sie mit Interesse betrachtete. Sie fragte sich, ob er sie möglicherweise als mehr als nur seine Angestellte betrachtete.

Dennoch fühlte Antonia, dass sie das Richtige tat. Sie wollte nicht nur Gregor, sondern auch seinen Kindern helfen, glücklich zu sein. Es war ein schöner Tag, an dem sie das Lachen zurückbringen konnten. Antonia war zufrieden, dass sie dazu beitragen konnte, und hoffte, dass es noch viele weitere solche Tage geben würde.

Die Kinder erzählten Antonia eine witzige

Geschichte, die sie gehört hatten.

Lena fing an zu erzählen: "Es war einmal eine Maus, die eine Party veranstaltete. Sie lud alle ihre Freunde ein, aber vergaß, die Katze auszuladen. Die Katze war natürlich beleidigt und beschloss, sich zu rächen. Also ging sie zu der Maus und sagte: 'Ich würde gerne deine Party besuchen, aber ich habe keine passende Kleidung.' Die Maus dachte einen Moment nach und bot an, ihr ein Kleid aus einem Blatt zu machen. Die Katze zog das Blattkleid an und ging zur Party. Als sie dort ankam, versuchte sie, die Maus zu fangen, aber das Blattkleid hinderte sie daran, richtig zu jagen. Schließlich gab die Katze auf und verließ die Party. Von da an lud die Maus die Katze immer zur Party ein und sie trug jedes Mal ein neues Blattkleid."

Lena und Lukas lachten ausgelassen und Antonia konnte sich ein Schmunzeln nicht verkneifen.

Und auch Gregor lachte herzhaft über die lustige Geschichte der Kinder.

"Das war wirklich witzig", sagte Gregor, „Kinder haben so eine lebhafte Fantasie."

Antonia stimmte zu: "Ja, sie sind wirklich kreativ. Es macht so viel Spaß, Zeit mit ihnen zu verbringen."

Gregor blickte Antonia an und sagte: "Du machst wirklich einen tollen Job mit den Kindern. Ich bin froh, dass du hier bist."

Antonia errötete leicht und sagte: "Danke, Gregor. Ich tue nur, was ich kann, um euch zu helfen und ein Lächeln auf eure Gesichter zu zaubern."

Gregor lächelte warm und sagte: "Das hast du bereits

geschafft. Ich fühle mich besser, seit du hier bist. Und ich hoffe, dass du noch eine Weile bei uns bleiben wirst."

Antonia lächelte zurück und sagte: "Ich bleibe so lange, wie ihr mich braucht."

Antonia wusste, dass sie tiefere Gefühle für Gregor hatte. Sie hatte ihn gesehen, wie er seine Kinder liebte und wie er langsam wieder zum Leben erweckt wurde. Sie hatte das Gefühl, dass sie ihm helfen konnte, aber sie wusste nicht, ob sie diejenige sein würde, die sein gebrochenes Herz heilen konnte.

Antonia fühlte sich hin- und hergerissen. Einerseits war sie unendlich froh, dass sie Gregor und seine Kinder glücklich machen konnte. Andererseits konnte sie nicht aufhören, über ihre eigenen Gefühle nachzudenken. Sie wusste, dass sie mehr für Gregor empfand, als sie zugeben wollte. Immer wenn sie ihn ansah, spürte sie ein Kribbeln in ihrem Bauch und ihr Herz schlug schneller. Sie konnte nicht glauben, dass sie tatsächlich so tiefe Gefühle für diesen Mann hatte, den sie erst vor kurzem kennengelernt hatte. Sie hatte das Gefühl, dass Gregor auch etwas für sie empfand, aber sie war sich nicht sicher. Vielleicht war es nur ihre Einbildung, oder er war einfach nur dankbar für ihre Hilfe.

Antonia wusste, dass sie vorsichtig sein musste. Sie wollte nicht diejenige sein, die das gebrochene Herz von Gregor noch mehr verletzte. Gleichzeitig wollte sie aber auch nicht ihre eigenen Gefühle ignorieren.

Sie beschloss, abzuwarten und zu beobachten, wie sich die Dinge entwickeln würden. Sie würde weiterhin für Gregor und seine Kinder da sein und hoffen, dass sich ihre Gefühle eines Tages erwidert würden.

Kapitel 21
Ausflug nach Hamburg

An einem Wochenende besuchte Antonia Lizzy. Die beiden jungen Frauen saßen in einem charmanten Straßencafé in der Fußgängerzone von Hamburg. Der Duft von frisch gebrühtem Kaffee und köstlichen Backwaren lag in der Luft und vermischte sich mit dem leichten Hauch von Blumen und Grün aus den Pflanzkübeln. Die Sonne strahlte vom blauen Himmel herab und tauchte den Platz in ein warmes, einladendes Licht.

Das Café war in einem historischen Gebäude untergebracht, mit einer traditionellen Fassade und großen Fenstern, die von innen einen malerischen Blick auf die vorbeiziehende Szenerie ermöglichten. Bunte Sonnenschirme spendeten angenehmen Schatten und verliehen dem Platz eine fröhliche Atmosphäre.

Die Tische waren mit frischen Blumenarrangements geschmückt. Das Klappern von Geschirr und das Murmeln der Gäste erfüllten die Luft. Das Ambiente war einladend und gemütlich, und Antonia konnte sich keine bessere Kulisse für ihr Wiedersehen mit Lizzy vorstellen.

Sie genossen das lebhafte Treiben um sich herum und vertieften sich in angeregte Gespräche, begleitet von herzhaftem Lachen und warmen Erinnerungen.

„Ich bin ganz gern mal woanders als nur im Café Aurora", sagte Lizzy.

„Ja, sonst wirst du ja immer nur an deine Arbeit erinnert", meinte Antonia lächelnd.

„Und wie geht es dir mit deiner Arbeit? Dort auf dem Lande, mit dem Witwer und den Kindern?"

"Alles bestens. Ich liebe die Kinder. Und sie lieben mich … und ich glaube, ich habe mich ein bisschen in Gregor verliebt", sagte Antonia dann leise.

"Wow, das ist ja spannend … sag mal, was du für Sachen machst!"

"Es ist schwer zu beschreiben. Ich sehe, wie er sich um seine Kinder kümmert und wie er langsam wieder zum Leben erwacht. Ich möchte ihm helfen und ich fühle, dass ich ihn glücklich machen kann."

„Verrennst du dich da nicht in eine Ablenkung? Schließlich ist es noch nicht so lange her, dass Marco dich so tief verletzt hat."

"Ja, das weiß ich. Aber ich kann nicht anders, ich fühle mich zu ihm hingezogen. Ich weiß nur nicht, ob er jemals das Gleiche für mich empfinden wird."

"Ich denke, du solltest ihm Zeit geben", meinte Lizzy, „und du musst auch sicher sein, dass er in dir nicht nur eine Ablenkung sieht. Vielleicht gesteht er dir eines Tages seine Gefühle. Aber sei geduldig, seine Familie hat viel durchgemacht und es braucht Zeit, um sich zu erholen."

Antonia starrte nachdenklich in ihre Kaffeetasse, während sie ein Seufzen ausstieß. Lizzy legte liebevoll eine Hand auf ihre. "Was ist los, Antonia? Was gibt es noch, das dich bedrückt?"

Antonia hob den Blick und lächelte leicht, bevor sie

antwortete: "Weißt du, Lizzy, manchmal vermisse ich die Hektik der Großstadt. Das pulsierende Leben, die Vielfalt der Menschen und die Herausforderungen, die ich in meiner Arbeit hatte."

Antonia hatte sich das Landleben idyllischer vorgestellt. Sie hatte gedacht, dass es eine willkommene Abwechslung sein würde, aber stattdessen fühlte sie sich allein und isoliert. Sie vermisste die Hektik der Stadt und die Möglichkeit, jederzeit ihre Freunde treffen zu können.

Als sie ihren Job im Alten Land angenommen hatte, war sie zuerst begeistert von der Vorstellung, auf dem Land zu leben. Aber sie erkannte schnell, dass es schwieriger war als gedacht. Sie war nicht daran gewöhnt, in einer so abgelegenen Gegend zu leben, ohne die Möglichkeit, schnell in die Stadt zu fahren, um Freunde zu treffen oder Aktivitäten zu unternehmen.

Sie vermisste auch ihre alte Arbeit. Antonia war es wichtig, beruflich erfolgreich zu sein. Sie hatte hart gearbeitet, um ihren Job bei Kreativa zu erreichen, und jetzt fühlte sie sich nutzlos und unsicher über ihre Zukunft.

"Es ist völlig normal, solche Gefühle zu haben, vor allem wenn man eine große Veränderung wie den Umzug aufs Land gemacht hat. Wie geht es dir denn wirklich dort? Bist du glücklich?"

"Es ist nicht so, dass ich unglücklich bin, Lizzy. Das Landleben hat seine eigene Schönheit und Ruhe, die ich zu schätzen gelernt habe. Und Lena und Lukas sind einfach umwerfend lieb. Aber manchmal vermisse ich die Kreativität und den Trubel der Stadt. Die Inspiration, die ich aus den Straßen und den Menschen gezogen habe."

"Du hast eine lebhafte Persönlichkeit und bist kreativ bis ins Mark. Es ist natürlich, dass du diese Aspekte deines Lebens vermisst. Vielleicht kannst du eine Balance finden und das Beste aus beiden Welten vereinen."

"Du hast recht, Lizzy. Vielleicht ist es an der Zeit, neue Wege zu finden, um meine Kreativität auszuleben und Herausforderungen anzunehmen, auch wenn sie anders aussehen als zuvor. Vielleicht kann ich meine Arbeit als Grafikerin auf eine neue Art und Weise angehen und gleichzeitig das ländliche Leben genießen."

"Genau, Antonia! Du bist eine starke und talentierte Frau. Ich bin sicher, dass du einen Weg finden wirst, um dich sowohl kreativ als auch erfüllt zu fühlen, egal wo du bist."

Antonia lächelte dankbar und beschloss, ihre Ambitionen nicht aufzugeben und ihre Leidenschaft zu verfolgen, während sie gleichzeitig die Schönheit des Landlebens schätzen lernte.

Kapitel 22
Der erste Kuss

Antonia begann, ihre Freizeit zu nutzen, wenn die Kinder am Vormittag nicht zu Hause waren. Sie erkundete die Gegend und die Schönheit der Natur im Alten Land. Sie entdeckte, dass das Leben auf dem Land auch seine Vorteile hatte, wie die Ruhe und die Möglichkeit, sich zu entspannen. An manchen Vormittagen nahm sie ihre Malsachen, setzte sich in den Garten und entwarf Aquarelle von Blumen, Bäumen und der Landschaft. Das gab ihr ein klein wenig das Gefühl, ihre Kreativität nicht einschlafen zu lassen.

„Die Natur hier ist wunderschön", sagte Antonia eines Tages zu Gregor, mehr nebenher, mit keiner besonderen Absicht. Er fragte, ob sie mit ihm einen gemeinsamen Spaziergang in den nahen Wald machen wollte. Erfreut stimmte sie zu. Sie gingen anfangs schweigend nebeneinander und genossen die frische Luft und die Ruhe, während sie durch die grünen Pfade wanderten. Der Wald war ein idyllischer Rückzugsort, umgeben von majestätischen Bäumen und einem sanften Rauschen des Windes.

Als sie weitergingen, entdeckten sie einen malerischen See, der von einem goldenen Sonnenlicht beleuchtet wurde. Das glitzernde Wasser spiegelte die Schönheit der umliegenden Natur wider. Sie beschlossen, sich an das Ufer zu setzen und den Moment zu genießen.

Gregor öffnete sich Antonia gegenüber und erzählte ihr von seiner Schuld und seiner Trauer über den Verlust seiner Frau. Antonia hörte aufmerksam zu, während er seine Gefühle mit ihr teilte. Sie spürte die Schwere in seinen Worten und fühlte mit ihm mit. Es war ein Moment des tiefen Verstehens und der Verbundenheit.

Plötzlich spürte Antonia Gregors warme Hand auf ihrer Schulter. Sie schaute überrascht zu ihm auf und sah in seinen Augen eine Mischung aus Verwundbarkeit und Sehnsucht. Ohne ein Wort zu sagen, näherten sich ihre Lippen und sie küssten sich. Der Kuss war von vorsichtiger Intensität, und Antonia konnte spüren, wie sich ihre Gefühle für Gregor verstärkten. Es war ein Moment der Offenbarung, in dem beide ihre tiefsten Empfindungen füreinander gestanden. Die Umgebung schien für einen Moment still zu stehen, während sie sich in diesem innigen Moment verloren.

Es war ein bedeutungsvoller Wendepunkt in ihrer Beziehung, als sie sich gegenseitig ihre Zuneigung gestanden. In diesem Augenblick spürte Antonia, dass das Landleben und die Veränderungen, die sie durchgemacht hatte, sich zu etwas Besonderem entwickelten. Die Verbindung zu Gregor war tiefer als sie es erwartet hatte, und sie wusste, dass sie gemeinsam den Weg der Heilung und des Wachstums gehen würden.

Kapitel 23
Ein unerfreulicher Besuch

Gitta Petersen hatte sich zum Besuch angekündigt. Die Kinder waren noch nicht zuhause und Gregor war arbeiten. Als sie eintraf, war Antonia zunächst erfreut, sie wieder zu sehen. Aber die Atmosphäre war gespannt, als die beiden Frauen im Wohnzimmer saßen und Kaffee tranken. Antonia spürte eine gewisse Distanz in Frau Petersens Haltung und konnte Skepsis in ihren Augen sehen. Sie fragte sich, ob etwas nicht stimmte. Man plauderte über Alltäglichkeiten und über die Kinder, als Frau Petersen plötzlich das Thema wechselte. Sie sprach über die Herausforderungen, die Antonia als junge Frau und Haushaltshilfe in dieser neuen Situation hatte. Sie äußerte Zweifel, ob Antonia die richtige Person sei, um sich um die Kinder zu kümmern und den Haushalt zu führen.

Antonia konnte den kalten Ton in Frau Petersens Stimme spüren. Sie war verwirrt. "Wie meinen Sie das?" fragte sie.

"Ich meine, dass Sie nicht die richtige Frau für ihn sind", sagte Frau Petersen und musterte Antonia von Kopf bis Fuß.

Antonia fühlte sich verletzt und war verärgert über Frau Petersens Kommentare. "Ich denke, ich kann gut auf die Kinder aufpassen", sagte sie selbstbewusst.

Frau Petersen schüttelte den Kopf. "Sie haben keine

Ahnung, was es bedeutet, eine Familie zu führen."

Antonia war fassungslos über die Kälte von Frau Petersen. "Ich denke, Gregor ist glücklich mit meiner Arbeit", sagte sie.

"Ich denke nicht, dass Sie lange bleiben werden. Meine Vorhersage ist, dass Sie bald müde von diesem ländlichen Leben sein werden und zurück in die Stadt gehen werden, wo Sie hingehören."

Antonia war überrascht und fühlte sich verletzt von den Vorwürfen. Sie hatte sich bemüht, eine gute Beziehung zu Lena und Lukas aufzubauen und ihre Aufgaben mit Sorgfalt und Hingabe zu erfüllen. Sie wollte beweisen, dass sie sowohl eine gute Haushaltshilfe als auch eine liebevolle Betreuerin sein konnte. Sie versuchte, ruhig zu bleiben und ihre Gedanken zu sammeln, während Frau Petersen ihre Bedenken äußerte. Antonia wollte ihre Position erklären und zeigen, dass sie sich aufopferungsvoll um die Kinder kümmern konnte. Doch ihre Worte schienen bei Frau Petersen auf taube Ohren zu stoßen.

"Frau Petersen, ich verstehe Ihre Bedenken, aber ich versichere Ihnen, dass ich mein Bestes gebe, um sowohl den Haushalt als auch die Kinderbetreuung zu meistern", erklärte Antonia ruhig. "Ich habe eine starke Verbindung zu Lena und Lukas aufgebaut und möchte ihnen eine liebevolle und unterstützende Betreuerin sein."

Frau Petersen blickte skeptisch auf Antonia und erwiderte kühl: "Ich glaube nicht, dass Sie die

Erfahrung und die Reife haben, um diese Verantwortung zu übernehmen. Ich denke, es wäre besser, wenn wir eine ältere Frau als Haushälterin einstellen würden, jemanden, der mehr Erfahrung mit Kindern hat."

Antonia fühlte sich verletzt und unsicher. Sie hatte gehofft, dass Frau Petersen ihre Bemühungen und ihre Hingabe anerkennen würde. Es war frustrierend, dass ihre Fähigkeiten und ihr Engagement infrage gestellt wurden.

Trotz der Verletzungen versuchte Antonia ruhig zu bleiben und ihre Standpunkte zu verteidigen. "Frau Petersen, ich kann verstehen, dass Sie besorgt sind, aber ich möchte Ihnen versichern, dass ich mich weiterhin um die Kinder kümmern möchte. Ich bin bereit, mich weiterzuentwickeln und zu lernen, um ihre Bedürfnisse bestmöglich zu erfüllen."

Frau Petersen schüttelte den Kopf und blieb bei ihrer Meinung. Sie bestand darauf, dass eine ältere Frau besser geeignet wäre, um den Haushalt zu führen und die Kinder zu betreuen. Ihre Worte trafen Antonia hart und sie spürte die Unsicherheit in sich wachsen.

„Möchten Sie nicht warten, bis die Kinder von der Schule und vom Kindergarten zurück sind?", fragte Antonia, als Frau Petersen sich zum Aufbruch bereit machte.

„Nein, ich wollte mit Ihnen reden, und das habe ich erledigt", sagte Frau Petersen kühl.

Als Gregor von der Arbeit nach Hause kam, war

Antonia noch immer von dem Gespräch mit Frau Petersen belastet. Sie spürte die Notwendigkeit, mit Gregor über das Vorgefallene zu sprechen und ihm von den Bedenken und Vorwürfen seiner Schwester zu erzählen.

Sie wartete geduldig, bis er sich frisch gemacht hatte und sich im Wohnzimmer zu ihr setzte. Die Atmosphäre war seltsam, und Antonia fühlte sich mulmig, weil sie nicht wusste, wie Gregor reagieren würde. Seine Schwester spielte eine wichtige Rolle in seinem Leben.

"Gregor, deine Schwester war heute am Vormittag bei mir", begann Antonia vorsichtig. "Sie äußerte Bedenken und Zweifel daran, ob ich die richtige Person bin, um mich um Lena und Lukas zu kümmern."

Gregor sah sie überrascht an. "Was hat sie genau gesagt?"

Antonia erzählte ihm von dem Gespräch, wie Frau Petersen ihre Fähigkeiten und ihre Eignung für die Kinderbetreuung infrage gestellt hatte. Sie versuchte, ruhig zu bleiben und ihre Gedanken geordnet darzulegen.

"Ich möchte, dass du weißt, dass ich mein Bestes tue, um eine gute Betreuerin für Lena und Lukas zu sein", betonte Antonia. "Ich habe eine starke Verbindung zu ihnen aufgebaut und versuche, ihre Bedürfnisse zu erfüllen. Es ist mir wichtig, dass sie sich wohl und sicher fühlen."

Gregor hörte aufmerksam zu, während Antonia sprach. Sein Gesichtsausdruck war ernst, und Antonia konnte die Sorge in seinen Augen erkennen.

"Antonia, ich verstehe, dass du dich bemühst und dass du dich um die Kinder sorgst", begann Gregor schließlich. "Aber meine Schwester hat auch ihre Perspektive, und ich kann verstehen, dass sie sich Sorgen um die Zukunft der Kinder macht."

Antonia fühlte einen Stich in ihrem Herzen. Sie hatte gehofft, dass Gregor ihre Sichtweise verstehen und sie unterstützen würde. Doch sie spürte auch seine Loyalität gegenüber seiner Schwester und seiner Verantwortung als Vater.

"Gregor, ich möchte dich nicht in eine schwierige Position bringen", sagte Antonia leise. "Aber ich möchte auch nicht aufgeben. Ich glaube, dass ich eine liebevolle Ergänzung für die Familie sein kann, wenn du mir die Chance gibst."

Gregor seufzte und strich sich durchs Haar. Antonia konnte sehen, wie er mit seinen eigenen Gedanken kämpfte.

"Antonia, ich werde das alles in Ruhe überdenken", sagte Gregor schließlich. "Es ist wichtig für mich, dass meine Kinder in guten Händen sind. Ich schätze deine Arbeit. Und ich schätze dich sehr, das weißt du. Es war kein Zufall, dass ich dich geküsst habe. Ich habe dich in mein Herz geschlossen."

Kapitel 24
Gute und schlechte Tage

Eines Tages nahm Gregor Antonia mit auf eine Fahrt nach Hamburg, um einige Besorgungen zu erledigen. Während sie durch die Straßen fuhren, bemerkte Antonia, dass Gregor nervös zu sein schien.

"Was ist los?" fragte sie ihn schließlich.

"Es ist schwer, darüber zu sprechen", sagte Gregor und seufzte. "Aber ich denke, ich muss es dir sagen."

Antonia sah ihn erwartungsvoll an.

"Es geht um meine Frau", begann Gregor. "Ich habe ihr gegenüber einige Dinge getan, die ich bereue. Dinge, die ich nicht rückgängig machen kann. Und jetzt ist sie tot, und ich kann sie nie um Verzeihung bitten."

Antonia spürte, wie ihr das Herz schwer wurde. "Du kannst nicht ändern, was passiert ist. Lediglich deine Einstellung zur Vergangenheit kannst du ändern."

Sie fuhren eine Weile schweigend weiter, bis Gregor schließlich sagte: "Ich bin froh, dass ich dich habe, Antonia."

Antonia spürte, wie sie rot wurde.

Gregor sah kurz zu ihr hinüber, dann wieder konzentriert auf die Straße. "Du bist zu einem wichtigen Teil meines Lebens geworden, Antonia."

Antonia wusste nicht, was sie darauf antworten sollte. Sie spürte, wie ihr Herz schneller schlug.

Gregor lächelte, als hätte er ihren Herzschlag gespürt. Sie fuhren weiter in Richtung Stadt.

Gregor begann langsam, sich zu öffnen und seine Trauer über den Verlust seiner Frau zu verarbeiten. Antonia war für ihn eine wichtige Stütze, die ihm dabei half, Schritt für Schritt ins Leben zurückzufinden. Gemeinsam unternahmen sie Ausflüge mit den Kindern, kochten zusammen und genossen die kleinen Momente des Glücks.

Doch nicht alles war unbeschwert. Gregors Schwester, die immer noch Bedenken gegenüber Antonia hatte, versuchte immer wieder, ihre Meinung kundzutun. Sie machte Anspielungen auf Gregors verstorbene Frau und versuchte, Zweifel in ihm zu wecken. Antonia fühlte sich von diesen Kommentaren verletzt und unwohl.

Zu allem Überfluss rief Marco ständig an. Er hatte von Lizzy, die er im Café Aurora besucht hatte, von Antonias Beziehung zu Gregor erfahren und bat um eine zweite Chance. Marco versprach, dass er sich geändert hatte und Antonia die Welt zu Füßen legen würde. Antonia war hin- und hergerissen. Einerseits hatte sie mit Marco bereits eine Geschichte, aber andererseits konnte sie sich ein Leben ohne Gregor und die Kinder nicht mehr vorstellen.

Kapitel 25
Unangenehmes und Angenehmes

Antonia kam aus dem Garten, wo sie gerade die Wäsche von der Wäscheleine genommen hatte. Sie ging ins Kinderzimmer und sortierte die Kleidung der Kinder, faltete liebevoll die kleinen Hemden und Hosen zusammen, um sie in den Kleiderschrank von Lena und Lukas zu geben. Da läutete ihr Handy. Sie nahm es aus ihrer Jeanstasche und starrte auf die Nummer auf dem Display. Sie zögerte einen Moment, bevor sie den Anruf von Marco annahm.

"Antonia, wie geht's dir?" fragte Marco.

"Es geht mir gut. Was gibt's?" antwortete Antonia und versuchte, ihre Stimme ruhig zu halten.

"Bist du jetzt mit diesem Typen zusammen? Im Alten Land?" fragte Marco eifersüchtig.

"Ich arbeite hier und ich bin glücklich", antwortete Antonia kurz.

"Das kann ich nicht glauben. Wie konntest du so schnell über mich hinwegkommen? Du weißt, dass ich immer noch Gefühle für dich habe", sagte Marco.

"Marco, das ist Vergangenheit. Wir sind nicht mehr zusammen und ich bin sehr zufrieden mit meinem neuen Leben. Du solltest das akzeptieren und weitermachen", erklärte Antonia.

"Nein, das kann ich nicht akzeptieren. Du gehörst zu mir. Ich will, dass du zurückkommst", sagte Marco hartnäckig.

Antonia seufzte und sagte: "Marco, ich kann nicht einfach zu dir zurückkehren. Ich habe mich weiterentwickelt und meine Gefühle haben sich geändert. Du musst das akzeptieren."

"Das kann ich nicht akzeptieren. Ich werde nicht aufgeben, Antonia. Ich werde um dich kämpfen und dich zurückgewinnen", sagte Marco entschlossen.

Antonia legte auf und starrte vor sich hin. Sie war verwirrt und wusste nicht, was sie fühlen sollte. Sie hoffte auf eine Beziehung mit Gregor, und sie fragte sich, ob sie noch Gefühle für Marco hatte oder ob es nur die Erinnerungen an die Vergangenheit waren, die sie verwirrten.

Marco kam am nächsten Sonntag nach Mittelnkirchen. Gregor öffnete die Tür und sah den ihm unbekannten Mann erstaunt an. Antonia stand im Vorraum, ohne dass Marco sie sehen konnte.

„Wer sind Sie?", fragte Gregor.

"Ich bin Marco, Antonias Freund. Ich bin hier, um mit Ihnen zu sprechen. Ich will wissen, was los ist."

"Antonia und ich … nun …" Er sprach nicht weiter. Antonia hatte gehofft, dass Gregor sagen würde, dass er eine Beziehung mit ihr hätte. Stattdessen sagte Gregor: „Sie hat sich von Ihnen getrennt und das ist ihre Entscheidung."

"Sie haben sie manipuliert, das weiß ich genau. Sie haben ihr etwas vorgemacht, damit sie nicht zu mir zurückkehrt."

Gregor warf Marco einen wütenden Blick zu. "Das stimmt überhaupt nicht. Antonia hat sich von Ihnen getrennt, lange bevor sie hier zu mir gezogen ist. Ich habe damit nichts zu tun."

"Das glaube ich nicht", sagte Marco. "Ich kenne Antonia besser als Sie. Sie hat nur eine schwierige Phase durchgemacht und ich bin sicher, dass sie bald zu mir zurückkommt."

Gregor wurde langsam ungeduldig. "Das ist eine Wunschvorstellung, Marco. Antonia hat sich gegen Sie entschieden und für ein Leben hier in unserer Familie. Und das müssen Sie akzeptieren."

"Das werde ich nicht tun", sagte Marco wütend. "Ich werde um sie kämpfen, solange ich lebe."

"Ich denke nicht, dass Sie damit Erfolg haben werden", entgegnete Gregor und versuchte, Marco höflich aber bestimmt loszuwerden.

Marco ging schließlich, aber Antonia spürte, dass der Konflikt noch lange nicht vorbei war.

Gregor und Antonia saßen am Abend auf der Terrasse und tranken Wein. Gregor sagte zu Antonia, dass er nicht glauben konnte, dass dieser Marco einfach ins Dorf gekommen war und ihn zur Rede gestellt hatte. Antonia war unruhig.

"Gibt es noch etwas, was du mir sagen möchtest?", fragte er.

Antonia sah ihn an und seufzte. "Ich weiß nicht, Gregor. Ich bin mir nicht sicher, was ich fühle."

"Was meinst du damit?", fragte er erstaunt.

"Marco und ich hatten eine lange Beziehung und die ist zu Ende. Es ist ein bisschen kompliziert, die Vergangenheit einfach zu vergessen."

Gregor nahm ihre Hand und streichelte sie sanft. "Antonia, es ist zwar ein seltsamer Moment, aber ich muss dir sagen, dass ich mich wohl ein bisschen in dich verliebt habe."

Antonia schaute ihn überrascht an und sagte: "Mir geht es genauso, Gregor. Aber ich brauche Zeit, um zu verarbeiten, was Marco getan hat. Ich möchte nicht aus purer Verletzung über seinen Betrug in dir einfach nur einen Lückenbüßer sehen."

"Antonia, hast du denn noch immer Gefühle für Marco?", fragte Gregor schließlich.

Antonia sah ihn an. "Was? Nein, keinesfalls", sagte sie schnell.

"Das weiß ich nicht so genau", sagte Gregor ruhig. "Ich habe gesehen, wie du auf seinen Besuch hier reagiert hast, und ich kann mir nicht vorstellen, dass er einfach so aus deinem Leben verschwindet."

Antonia senkte den Blick und spielte nervös mit ihren Fingern. "Ich gebe zu, dass ich unsicher war. Ich habe so lange mit Marco zusammengelebt, aber ich weiß, dass ich keine Gefühle für ihn habe."

"Ich bin kein Lückenbüßer für dich", sagte Gregor und blickte ihr warm in die Augen, „das weiß ich, seit wir uns geküsst haben. Ein Lückenbüßer-Kuss fühlt sich anders an. Ich will, dass du sicher bist, dass du mich magst und dass wir eine Zukunft haben können."

Antonia erwiderte seinen Blick und lächelte. "Ich will, dass du weißt, dass ich dich sehr gern habe und dass du mir sehr viel bedeutest."

Gregor lächelte zurück und nahm Antonias Hand. "Und du bedeutest mir viel, Antonia. Aber ich will auch, dass du ehrlich zu dir selbst bist. Ich will nicht, dass du etwas tust, was du am Ende bereust."
Antonia nickte und legte ihren Kopf auf seine Schulter. "Ich will immer ehrlich zu dir sein."

Die Sonne war bereits untergegangen und ein sanftes Mondlicht schien auf die beiden. Antonia und Gregor saßen nah beieinander, ihre Hände miteinander verschränkt, während sie sich in die Augen sahen.
Die Atmosphäre war mit einer zarten Romantik erfüllt. Ein Hauch von Jasmin lag in der Luft. Wortlos standen sie auf, eng aneinander geschlungen gingen sie ins Haus, die Treppe hinauf ins Schlafzimmer. Als wäre es abgesprochen, legten sie sich aufs Bett, kleideten einander aus.
Antonia spürte die Hitze ihres Herzens und ihre Sehnsucht nach Gregor. Sie konnte nicht anders, als seine Haut sanft zu berühren, während sie seine Lippen mit den ihren vereinte. Ein Schauer durchzog ihre Körper, als sie sich leidenschaftlich küssten, ihre Lippen voller Hingabe und Verlangen.
Langsam begannen sie, sich gegenseitig zu erkunden, ihre Hände aufregend über ihre Körper gleitend. Jede Berührung führte zu einem noch tieferen Verlangen, während sie sich einander hingaben und in einen Wirbel der Leidenschaft gerieten.
Die Welt um sie herum verschwand, während sie sich liebevoll und innig umarmten. Die Zeit schien

stillzustehen, während sie sich gegenseitig immer näher kamen, ihre Liebe und Verbindung intensivierend.

Schließlich fanden sie sich eng umschlungen wieder, ihre Körper verschmolzen in einem Akt der vollkommenen Einheit. Jeder Atemzug, jedes leise Stöhnen war ein Ausdruck ihrer tiefen Liebe zueinander.

Und so verbrachten sie die Nacht in inniger Umarmung, vereint in ihrer Liebe und dem Wissen, dass sie füreinander bestimmt waren. Es war ein magischer Moment, in dem die Zuneigung zwischen Antonia und Gregor auf einer ganz neuen Ebene erblühte, ihr Verlangen und ihre Liebe in jedem Moment spürbar waren.

Kapitel 26
Zweifel und Unsicherheit

Und doch war Antonia von Zweifeln und Unsicherheit geplagt. Sie wusste nicht, wie sie mit den Hindernissen umgehen sollte und was die beste Entscheidung für ihr eigenes Glück war. Tief in ihrem Inneren spürte sie, dass ihre Liebe zu Gregor etwas Einzigartiges war.

Antonia beschloss, mit Gregor offen über ihre Gefühle und die Situation zu sprechen. Sie wollte ihm sagen, wie sehr sie ihn liebte und dass sie bereit war, für ihre Beziehung zu kämpfen. Sie wollte ihm ihre Liebe gestehen, nicht einfach nur, dass sie ihn mochte, sondern dass es viel mehr war. Sie hoffte, dass Gregor seine eigene Entscheidung treffen konnte, unabhängig von den Meinungen und Einflüssen anderer Menschen.

Sie war bereit, alles zu riskieren, um mit Gregor und den Kindern eine gemeinsame Zukunft aufzubauen.

Antonia spürte eine Mischung aus Aufregung und Nervosität, als sie beschloss, Gregor endlich ihre wahren Gefühle zu offenbaren. Seit sie sich kennengelernt hatten, war ihre Zuneigung zu ihm stetig gewachsen, und sie konnte die Liebe, die sie für ihn empfand, nicht länger vor sich leugnen.

Sie plante sorgfältig, wie sie es ihm sagen würde. Sie wollte den richtigen Moment abpassen, einen Moment der Ruhe und Intimität, in dem sie ungestört sprechen konnten. Antonia wollte sicherstellen, dass ihre Worte von Herzen kamen und dass Gregor ihre aufrichtige Liebe spüren konnte.

An einem Abend, als die Kinder bei Frau Petersen in Hamburg übernachteten – die Tante hatte sie eingeladen, mit ihnen in den Zirkus zu gehen – war für Antonia der perfekte Tag gekommen. Sie hatte ein romantisches Abend-Diner vorbereitet. Sie hatte das Gefühl, dass dies der ideale Zeitpunkt war, um Gregor ihre Gefühle mitzuteilen. Die Kerzen flackerten sanft, während sie am Tisch saßen und sich in die Augen sahen.

Mit einem nervösen Lächeln begann Antonia zu sprechen. Ihre Stimme war leise und zitterte leicht, aber ihre Worte waren klar und ehrlich. Sie erzählte Gregor, wie er sie zum Lachen brachte, wie er ihr Herz erobert hatte.

Antonia spürte, wie ihr Herz schneller schlug, als sie die Worte aussprach: "Gregor, ich bin verliebt in dich. Du bist für mich so viel mehr als ein guter Freund. Du bedeutest mir alles."

Gregor sah sie tief in die Augen, und Antonia konnte eine Mischung aus Überraschung und Freude in seinem Blick erkennen. Er nahm ihre Hand und antwortete mit einem warmen Lächeln: "Antonia, ich fühle genauso. Du bist einzigartig für mich und ich möchte nichts lieber, als mit dir zusammen zu sein."

Eine Welle der Erleichterung und Glückseligkeit durchströmte Antonia. Sie wusste, dass sie die richtige Entscheidung getroffen hatte, ihre Gefühle zu offenbaren. Die Liebe zwischen ihr und Gregor war offensichtlich, und sie konnte es kaum erwarten, diese wunderbare Reise des Lebens gemeinsam zu beginnen.

Aber dieser Abend war trotz Antonias Hoffnungen nicht der Beginn einer sorglosen Beziehung mit Gregor. Gregor war nach wie vor von Schuldgefühlen und Trauer über den Verlust seiner Frau geplagt. Obwohl er Antonia ganz offensichtlich zu lieben begann, konnte er sich nicht vollkommen auf sie einlassen und öffnen. Die Last der Vergangenheit lag auf seinen Schultern und beeinflusste seine Fähigkeit, eine neue Beziehung einzugehen, so nahm Antonia an.

Sie fühlte sich zurückgewiesen und unverstanden. Sie hatte gehofft, dass Gregor mit der Zeit seine Mauern niederreißen würde, doch sie merkte, dass er immer noch in seiner eigenen Welt der Trauer gefangen war. Die Verbindung zwischen ihnen wurde durch diese emotionalen Hindernisse belastet, was zu immer häufigeren Unsicherheiten bei Antonia führte.

Schließlich kam es zu einem ernsten Gespräch zwischen Antonia und Gregor. Es schien, als ob die Kluft zwischen ihnen immer größer wurde.

Inmitten des Konflikts realisierte Antonia, dass sie eine Pause von der Arbeit bei Gregor brauchte, um sich selbst wiederzufinden und Klarheit über ihre eigenen Gefühle zu gewinnen. Sie spürte, dass sie ihre eigene emotionale Stabilität zurückgewinnen musste, um die Herausforderungen ihrer Beziehung zu bewältigen. Eine Auszeit schien der beste Weg, um Abstand zu gewinnen und ihre Gedanken zu sortieren.

"Gregor, ich verstehe, dass du immer noch trauerst, aber ich kann so nicht weitermachen. Ich brauche jemanden, der mich versteht und sich auf mich einlassen kann", sagte Antonia in einem ruhigen, aber bestimmten Ton.

"Es tut mir leid, dass ich dich so enttäuscht habe, Antonia. Aber ich kann nicht einfach meine Trauer und Schuldgefühle abschütteln", antwortete Gregor mit einem bedrückten Blick.

"Es geht nicht nur um deine Trauer, es geht auch um unsere beginnende Beziehung. Ich fühle mich zurückgewiesen und unverstanden", erklärte Antonia.

"Das war nie meine Absicht, Antonia. Ich tue mein Bestes", entgegnete Gregor.

"Es reicht nicht, nur dein Bestes zu tun, Gregor. Ich brauche jemanden, der sich wirklich auf mich einlassen und mich unterstützen kann. Ich denke, ich brauche eine Pause von der Arbeit hier", sagte Antonia und stand auf.

Gregor seufzte. "Ich verstehe. Mach eine Pause und nimm dir die Zeit, die du brauchst. Aber bitte denk daran, dass ich dich hier brauche und schätze. Und dass ich dich liebe, auch wenn ich das nicht immer zeigen kann."

„Ich werde nur ein paar Tage wegbleiben", sagte

Antonia, „rechtzeitig zurück sein, damit ich dir bei den Vorbereitungen zur Gerichtsverhandlung wegen des Unfalls helfen kann."

„Gerade erst war die Gerichtsverhandlung wegen Marco, nun steht uns das auch noch bevor, aber mit deiner Unterstützung schaffe ich das", sagte Gregor.

„Ich brauche einfach einmal Ruhe", sagte Antonia und küsste Gregor. Er umarmte sie verständnisvoll.

„Wo wirst du denn wohnen?", fragte er.

„Ich werde Lizzy anrufen", antwortete sie.

Antonia wusste, dass sie diesen Schritt gehen musste, um ihre eigenen Bedürfnisse zu erfüllen und Klarheit zu finden. Sie rief Lizzy an und fragte sie, ob sie ein paar Tage bei ihr wohnen dürfte. Lizzy reagierte begeister, sie hatte ihre Freundin vermisst. Und so packte Antonia einen kleinen Koffer und fuhr nach Hamburg.

Kapitel 27
Auszeit in Hamburg

„Oh, Antonia, es ist so schön dich wieder hier zu haben", begrüßte Lizzy ihre Freundin. „Wie geht es dir?"

„Ach, so irgendwie ... die Dinge zwischen Gregor und mir sind kompliziert."

„Was ist denn passiert? Erzähl mir alles", forderte Lizzy auf.

„Es ist so, dass Gregor immer noch in seiner Trauer über den Verlust seiner Frau steckt. Ich dachte, mit der Zeit würde es besser werden. Ich fühle mich zurückgewiesen und unverstanden", meinte Antonia nachdenklich.

„Hast du mit Gregor darüber gesprochen?"

„Es scheint, als ob wir uns in einer Sackgasse befinden. Ich habe das Gefühl, dass ich eine Auszeit brauche, um meine eigenen Gedanken zu sortieren und herauszufinden, was ich wirklich will."

„Das ist verständlich. Manchmal ist es wichtig, sich selbst Priorität zu geben und herauszufinden, was uns glücklich macht. Was möchtest du denn jetzt tun?"

„Wenn es dir recht ist, dann bleibe ich für ein paar Tage bei dir, um mich zurückzuziehen und über alles nachzudenken. Ich brauche Raum, um meine Gedanken zu ordnen und herauszufinden, wie ich weitermachen möchte."

„Nimm dir die Zeit, die du brauchst, um dich wieder

zu finden und zu überlegen, was du wirklich willst. Ich bin hier, um dich zu unterstützen, egal wie du dich entscheidest."

„Danke, Lizzy. Es bedeutet mir so viel, dich an meiner Seite zu haben. Ich weiß, dass ich mich auf dich verlassen kann. Ich hoffe, dass ich nach dieser Auszeit Klarheit über meine Gefühle und den weiteren Verlauf unserer Beziehung habe."

„Und schließlich geht es auch darum, dass Gregor sich über seine Gefühle klar wird. Er muss voll und ganz zu dir stehen, sonst hat das alles keinen Sinn."

Antonia verbrachte ein paar Tage bei Lizzy. Während ihre Freundin im Café Aurora arbeiten ging, begann Antonia wieder zu malen.

Und dann entschloss sie sich, sich mit Marco zu treffen. Sie war sich bewusst, dass sie Klarheit schaffen und Marco gegenüber ehrlich sein musste. Sie arrangierte ein Treffen mit ihm in der Innenstadt in einem Bistro, um ihm ihre Entscheidung mitzuteilen.

„Ich habe so lange auf diesen Moment gewartet. Wie geht es dir?"

„Lass uns nicht mit Alltäglichkeiten die Zeit verschwenden, Marco", sagte sie, „es ist wichtig für mich, dass wir dieses Gespräch führen. Es tut mir leid, dass es so lange gedauert hat. Aber ich muss dir mitteilen, dass es endgültig vorbei ist zwischen uns."

„Wir können doch noch eine Chance bekommen", antwortete er, „ich habe viel darüber nachgedacht und möchte die missliche Vergangenheit hinter uns lassen und eine neue schöne Zukunft mit dir aufbauen."

„Es gibt Dinge, die zwischen uns stehen und die wir nicht überwinden können. Ich möchte ehrlich zu dir sein und dir keine falschen Hoffnungen machen."

„Aber Antonia, wir hatten so viele schöne Momente zusammen. Ich kann nicht einfach akzeptieren, dass es vorbei ist."

„Ja, wir hatten gute Zeiten, Marco. Aber du hast mich derart hintergangen, dass eine Fortsetzung unserer Beziehung schlicht und einfach unmöglich ist."

„Und jetzt bist du bei diesem Gregor? Hat er dich verführt? Macht er dir etwas vor?"

Antonia schwieg einen Moment, sie wollte nicht mit Marco über Gregor sprechen. Das war ihr eigenes Leben, das ihn nichts anging.

„Ich bin nur gekommen, um dir zu sagen, dass es vorbei ist. Endgültig. Und über Gregor spreche ich mit dir nicht, das ist meine Sache, meine Zukunft. Das geht dich nichts an." Sie stand auf und machte sich zum Gehen bereit. Marco versuchte, sie zurückzuhalten, aber sie wollte einfach nicht mehr mit ihm hier in diesem Bistro sitzen, als wären sie zwei gute Bekannte, die sich nett unterhielten. „Ich wünsche dir das Beste für deine Zukunft. Mit oder ohne Uschi. Aber auf alle Fälle ohne mich. Es ist Zeit für uns, unsere eigenen Wege zu gehen."

„Gut, dann akzeptiere ich das", sagte Marco, aber Antonia war nicht sicher, ob er tatsächlich verstanden hatte, dass sie nichts mehr von ihm wissen wollte. Entschlossen verließ sie das Bistro und hoffte, dass nun endlich Ruhe herrschte.

Es war ein schwieriges Gespräch für Antonia, aber sie wusste, dass es der richtige Schritt war, um Klarheit zu schaffen und sich auf ihre eigene Zukunft zu konzentrieren. Dennoch fragte sie sich, ob Marco ihre Entscheidung tatsächlich akzeptiert hatte. War er wirklich einverstanden damit? Sie zögerte in ihren Gedanken und hoffte, dass sie mit diesem Treffen die Marco-Sache endlich hinter sich lassen konnte.

Die Tage der Auszeit wurden zu einer Zeit der Selbstreflexion für Antonia. Sie nutzte die Zeit, um über ihre Gefühle zu Gregor und ihre eigenen Erwartungen nachzudenken. Sie erkannte, dass sie bereit war, für ihre Liebe zu kämpfen, aber auch, dass sie sich selbst nicht vernachlässigen durfte. Sie wollte eine Beziehung, in der beide Partner bereit waren, ihre Vergangenheit zu akzeptieren und gemeinsam eine Zukunft aufzubauen.

Nach einigen Tagen kehrte Antonia zu Gregor zurück, bereit, das Gespräch mit ihm zu suchen und ihre Gedanken und Gefühle zu teilen. Sie hoffte, dass sie einen Kompromiss finden konnten, der es ihnen ermöglichte, gemeinsam voranzugehen und ihre Beziehung zu stärken. Die Auszeit hatte Antonia die nötige Klarheit gebracht, um zu verstehen, was sie wirklich wollte und wie wichtig es war, für ihre eigenen Bedürfnisse einzustehen.

Kapitel 28
Noch ein unangenehmer Besuch

Sonntag. Antonia war mit den Kindern draußen im Garten. Gregor war im Wohnzimmer und las ein Buch. Plötzlich bemerkte sie, dass sich jemand ums Haus herumschlich, schließlich die Gartentür öffnete und zum Haus ging. Der Mann klopfte an der Tür und Gregor öffnete. Antonia ging leise um die Ecke des Hauses, um zu sehen, was geschah.

"Gregor", sagte der Mann nur.

"Was willst du hier, David?", fragte Gregor scharf, „glaubst du, ich kann nicht sofort die Polizei rufen? Du hast Fahrerflucht begangen und die Polizei sucht dich."

"Ich wollte Hallo sagen, bevor ich mich stelle", antwortete David und trat näher, „und ich wollte wissen, wie es dir geht. Schließlich waren wir mal Freunde."

"Es geht mir gut", sagte Gregor kühl. "Aber ich habe keine Lust auf Smalltalk. Also, wenn du nichts Wichtiges zu sagen hast, dann verschwinde. Geh endlich zur Polizei. Und Freunde waren wir schon lange nicht mehr, seit du diese Unterschlagungen gemacht hast."

„Für die habe ich meine Strafe abgesessen und alle Schulden zurückgezahlt."

„Du wirst deine Schuld am Unfalltod von Sabine auch noch absitzen."

"Du bist immer noch böse auf mich, oder?"

"Natürlich bin ich das", sagte Gregor. "Du hast sie

umgebracht, David. Du hast meine Frau umgebracht. Und du bist ein Feigling, weil du dich nicht gestellt hast."

"Es war ein Unfall", sagte David. "Ich wollte das nicht, das weißt du."

"Du hast ihr das Leben genommen, David", sagte Gregor wütend. "Und jetzt willst du hierher kommen und so tun, als ob nichts passiert wäre? Geh endlich."

David drehte sich um und ging weg. Gregor schmiss die Tür mit Wucht zu.

Antonia klopfte, rief: „Ich bin's, mach mir auf."

Gregor öffnete die Tür und umarmte Antonia.

"Alles in Ordnung?", fragte sie besorgt.

Gregor nickte. "Ja, es war nur ein unerwarteter Besucher", sagte er und setzte sich wieder hin, „mach dir keine Sorgen."

„Natürlich mache ich mir Sorgen, du bist mir wichtig. Deine Sorgen sind auch meine. Wer war denn das?"

„Das war David, ein Freund aus lange vergangenen Tagen, er war schon immer irgendwie ein linker Vogel. Er verschuldete den Unfall an Sabine."

„Was ist denn genau geschehen? Kannst du darüber reden Wenn du reden willst, ich bin hier", sagte sie sanft.

Gregor lächelte schwach. "Danke, Antonia", sagte er. "Aber ich muss das selbst durchstehen. Ich kann es nicht ändern."

Antonia nickte verständnisvoll. "Du willst das allein durchstehen, aber trotzdem denke ich, dass du dich mir mitteilen solltest. Schließlich liebe ich dich. Und du …"

Gregor lächelte trotz seines aufgewühlten Gemütszustandes. „Ja, ich habe dich in mein Herz geschlossen, Antonia. Und ich weiß, dass ich dir von dem schrecklichen Unfall erzählen hätte sollen, aber jedes Mal, wenn ich es wollte, habe ich gezögert. Aber jetzt, wo ich mich auf die Gerichtsverhandlung vorbereiten muss, muss ich es dir wohl sagen."

„Eine Gerichtsverhandlung?"

„Ja, es geht darum, meine Unschuld zu beweisen."

"Erzähl", sagte Antonia besorgt.

"Es geht um den Unfall, bei dem meine Frau gestorben ist. Ich weiß, dass ich es dir schon oft versprochen habe, aber ich denke, ich bin bereit, es dir zu erzählen."

Antonia nickte ihm zu und legte eine beruhigende Hand auf seine Schulter.

"Es war an einem regnerischen Abend im Herbst. Meine Frau und ich waren auf dem Rückweg von einem Wochenendausflug. Wir hatten uns gestritten, über irgendetwas Belangloses. Ich weiß gar nicht mehr genau, worum es ging. Jedenfalls war ich so wütend, dass ich nicht schnell genug reagiert habe, als ein Auto auf meiner Seite entgegengekommen ist. Das war David. Ich bin ausgewichen und von der Straße abgekommen. Das Auto hat sich überschlagen und meine Frau wurde aus dem Fenster geschleudert. Sie war sofort tot."

Gregor stockte kurz, als er versuchte, seine Tränen zurückzuhalten.

"Und jetzt muss ich gegen David aussagen, gegen den Mann, der den Unfall verursacht hat. Es fühlt sich an, als würde ich meine Frau noch einmal verlieren", sagte Gregor leise.

Antonia umarmte Gregor und flüsterte ihm zu, dass er nicht alleine war und dass sie immer für ihn da sein würde.

Antonia schluckte schwer. "Ich verstehe deine Sorgen. Aber du musst auch verstehen, dass es okay ist, glücklich zu sein. Ich bin mir sicher, dass deine Frau nicht wollen würde, dass du für immer trauerst und dein Leben nicht weiterlebst."

Gregor sah sie an und ein kleines Lächeln zeigte sich auf seinem Gesicht. "Vielleicht hast du recht. Es ist schwer, aber ich werde es versuchen."

Antonia lächelte ebenfalls. "Das ist alles, was ich von dir verlangen kann."

Die beiden schauten sich einen Moment lang schweigend an, bevor Gregor aufstand. "Ich denke, ich sollte ins Bett gehen. Morgen früh habe ich einen Termin beim Anwalt."

Antonia nickte. "Ja, das ist eine gute Idee. Ich wünsche dir eine gute Nacht."

"Danke, Antonia", antwortete Gregor und verließ den Raum.

Kapitel 29
Der Fall wird neu aufgerollt

Als Antonia eines Nachmittags mit den Kindern von einem Spaziergang nach Hause kam und Gregor begrüßte, bemerkte sie, dass etwas nicht stimmte.

"Gregor, ist alles okay?", fragte sie besorgt.

Gregor seufzte. "Ich habe gerade einen Anruf von der Versicherung bekommen. Sie wollen meinen Fall neu bearbeiten und es sieht nicht gut aus."

"Was meinen sie damit?", fragte Antonia.

"Es könnte sein, dass ich für den Unfall mit meiner Frau mitverantwortlich gemacht werde. Und dann zahlt die Versicherung nicht."

Antonia legte ihre Hand auf seine Schulter. "Du bist nicht alleine, Gregor. Ich bin hier für dich und wir schaffen das gemeinsam."

Gregor sah ihr in die Augen und lächelte. "Danke, Antonia. Ich weiß nicht, was ich ohne dich machen würde."

Kapitel 30
Bauchschmerzen

Antonia war am nächsten Tag früh aufgestanden, um das Frühstück für Gregor und die Kinder vorzubereiten. Während die Kinder auf dem Boden im Esszimmer spielten, saß Antonia mit Gregor am Tisch und trank ihren Kaffee.

Plötzlich fing die kleine Lena an zu weinen. Antonia stand auf und ging zu ihr hinüber.

"Was ist denn los, kleine Maus?" fragte sie und nahm das weinende Mädchen auf den Arm.

"Ich denke, sie hat Bauchschmerzen", sagte Gregor besorgt.

Antonia nahm Lena mit ins Wohnzimmer und setzte sich mit ihr auf das Sofa. Sie sang ihr eine leise Melodie vor und streichelte ihr den Rücken, bis sie sich beruhigt hatte.

"Wie hast du das gemacht?" fragte Gregor beeindruckt, als er ins Wohnzimmer kam.

"Ich habe zwei kleine Nachbarskinder betreut, früher, als ich noch Geld fürs Studium verdienen musste. Ich weiß, wie man mit Kindern umgeht", antwortete Antonia lächelnd.

Gregor sah sie an und lächelte zurück. "Du bist wirklich eine große Hilfe hier."

Antonia errötete leicht bei dem Kompliment. "Das ist doch selbstverständlich, Gregor. Ich bin froh, dass ich euch helfen kann."

Gregor sah sie einen Moment lang an, dann stand er auf und ging in sein Arbeitszimmer.

Antonia wusste nicht, was er vorhatte, aber sie hoffte, dass es ihm gut ging.

Eine Weile später kam Gregor wieder ins Wohnzimmer. Er hatte einen Umschlag in der Hand.

"Was ist das?" fragte Antonia neugierig.

"Das ist gestern mit der Post gekommen", antwortete Gregor und gab ihn Antonia.

Antonia faltete den Brief auseinander. "Es ist von deinem Anwalt", sagte sie und sah Gregor fragend an.

Gregor seufzte. "Das ist wahrscheinlich bezüglich des Unfalls."

Antonia las den Brief und sah dann wieder zu Gregor auf.

Antonia legte ihre Hand auf seine Schulter. "Alles wird gut werden, Gregor. Ich werde für dich und die Kinder da sein."

Gregor sah sie an und ein kleines Lächeln erschien auf seinem Gesicht. "Danke, Antonia. Das bedeutet mir viel."

Antonia lächelte zurück und stand auf. "Ich denke, ich bringe jetzt die Kinder zur Schule und zum Kindergarten, dann gehe jetzt ins Dorf und besorge ein paar Dinge für das Mittagessen."

Gregor nickte.

Kapitel 31
Belästigungen und Bedrohungen

Marco wurde immer besessener von Antonia und begann, sie zu bedrohen. Er rief sie ständig an und schickte ihr unzählige Textnachrichten, in denen er sie bedrohte und ihr sagte, dass sie niemals mit Gregor zusammen sein würde. Antonia hatte Angst und wusste nicht, was sie tun sollte.

"Ich hab es dir gesagt, du gehörst mir. Wenn ich dich nicht haben kann, dann niemand."

"Ich sehe, dass du bei ihm bist. Ich weiß, wo du wohnst und ich werde kommen."

"Denk nicht, dass du mir entkommen kannst. Ich werde dich finden, egal wo du bist."

"Du bist tot für mich, wenn du bei ihm bleibst. Ich werde dich vernichten."

"Ich habe alles über dich und ihn herausgefunden. Ich kann dir und ihm sehr wehtun, wenn du nicht aufhörst, ihn zu sehen."

"Ich hoffe, du bist bereit für die Konsequenzen. Du hast eine Wahl zu treffen, und es wird Konsequenzen geben, wenn du falsch entscheidest."

Und dann kam Marco tatsächlich wieder nach Mittelnkirchen. Als Antonia ihm die Tür öffnete, sah sie, dass er betrunken und aggressiv war. Er schrie sie an und forderte, dass sie zu ihm zurückkehren solle. Antonia versuchte, ihn zu beruhigen, aber er wurde immer lauter und schließlich packte er sie an den Schultern und schüttelte sie wild.

Antonia schrie auf. Gregor stürzte nach draußen.

"Was zum Teufel willst du hier, Marco?", fragte Gregor. "Du hast hier nichts verloren."

"Ich will mit Antonia reden", antwortete Marco und starrte Gregor herausfordernd an.

"Auf keinen Fall", sagte Gregor und trat vor Antonia. "Du hast sie genug belästigt. Geh weg, bevor ich die Polizei rufe."

Marco lachte spöttisch. "Du denkst also, du kannst mich aufhalten? Du bist ein niemand, Gregor. Ein armseliger Ersatz. Antonia braucht einen Mann wie mich, nicht wie dich."

Die Situation eskalierte schnell und die Spannung in der Luft war greifbar. Gregor spürte den Schmerz in seinem Gesicht, als Marco ihn schlug, aber sein Entschlossenheit ließ nicht nach. Er wusste, dass er Antonia beschützen musste und dass er nicht zulassen konnte, dass Marco weiterhin eine Bedrohung darstellte.

Gregor griff nach MarcosArm und versuchte, ihn von Antonia wegzuziehen. Seine Hände waren fest um MarcosArm geschlossen, aber Marco wehrte sich wild und versuchte, sich zu befreien. Der Kampf zwischen den beiden Männer wurde immer heftiger, ihre Körper stießen sich gegenseitig ab, während Antonia verzweifelt versuchte, den Kampf zu stoppen.

Plötzlich zog Marco ein Messer aus seiner Tasche und hielt es bedrohlich in der Luft. Die Situation erreichte einen gefährlichen Höhepunkt, als Gregor instinktiv versuchte, das Messer aus MarcosHand zu schlagen. Es entstand ein heftiges Gerangel, bei dem die beiden Männer um die Kontrolle über das gefährliche Werkzeug kämpften.

Marco stach wild mit dem Messer um sich, während Gregor versuchte, sich zu verteidigen und gleichzeitig das Messer aus MarcosHand zu bekommen. Die Anspannung und der Adrenalinschub durchströmten ihren Körper, während sie mit aller Kraft kämpften.

Schließlich gelang es Gregor, Marco zu überwältigen und das Messer aus seiner Hand zu schlagen. Es fiel mit einem dumpfen Geräusch auf den Boden. Gregor war außer Atem, sein Körper war von den Anstrengungen des Kampfes gezeichnet.

Antonia stand fassungslos da, ihre Augen weit aufgerissen vor Schock und Angst. Sie konnte kaum glauben, was gerade passiert war. Die Atmosphäre war von Spannung und Verwirrung erfüllt, während Gregor Marco mit wachsamen Augen im Blick behielt, um sicherzustellen, dass keine weitere Bedrohung von ihm ausging. Antonia rannte ins Haus, nahm ihr Handy und rief die Polizei an.

Die Szene war geprägt von Chaos und Aufregung, als die Polizei schließlich eintraf, um die Situation zu klären. Blaulichter blinkten und Sirenen heulten in der Ferne, während die Beamten aus ihren Streifenwagen sprangen und sich um die Situation kümmerten. Marco wurde von den Polizisten festgenommen und abgeführt, während Gregor mit leichten Verletzungen auf eine Trage gelegt und ins Krankenhaus gebracht wurden.

Im Krankenhaus wurde Gregor in einen Behandlungsraum gebracht, Antonia war bei ihm, hielt ihm ununterbrochen die Hand und ließ sich nicht von der Krankenschwester von seinem Bett wegbringen. Während die Ärzte und Krankenschwestern seine Wunden versorgten, sagte er zu Antonia: „Der Vorfall mit Marco hat mir gezeigt, wie gefährlich und unberechenbar das Leben sein kann. Ich will dich immer beschützen und für dich da zu sein, egal was passiert."

„Du hast um mich gekämpft, wie ein edler Ritter", sagte Antonia und küsste ihn.

„Das werde ich immer tun", antwortete er.

Zum Glück waren die Verletzungen so gering, dass die beiden getrost nach Hause entlassen wurden.

Kapitel 32
Die erste Gerichtsverhandlung

Knapp zwei Wochen später kam es zu einer Gerichtsverhandlung wegen der Messerattacke von Marco. Die Gerichtsverhandlung war angespannt und von einer bedrückenden Atmosphäre erfüllt. Gregor und Antonia saßen gemeinsam auf der Zeugenbank, bereit, ihre Version der Ereignisse zu schildern. Vor ihnen befand sich Marco, der von seinem Anwalt verteidigt wurde. Die Anspannung war in seinem Gesicht deutlich zu erkennen, aber auch eine Reue.

Der Richter eröffnete die Verhandlung und bat Gregor, seine Aussage zu machen. Gregor atmete tief durch und begann, seine Erlebnisse zu schildern. Er berichtete von den Bedrohungen, die er und Antonia von Marco erhalten hatten, und beschrieb die gewalttätige Attacke, bei der er selbst verletzt worden war. Seine Stimme zitterte leicht, doch er ließ sich nicht von seinen Emotionen überwältigen. Er war entschlossen, die Wahrheit zu erzählen und Gerechtigkeit zu finden.

Antonia folgte ihm und erzählte von ihren eigenen Ängsten und der Belästigung, der sie durch Marco ausgesetzt war. Sie beschrieb detailliert die Bedrohungen, die sie erhalten hatte, und betonte, wie sehr sie sich durch die Attacke von Marco bedroht gefühlt hatte. Ihre Worte waren klar und deutlich, und ihr Blick blieb fest auf Marco gerichtet.

Marcos Verteidiger versuchte, Zweifel an den Aussagen von Gregor und Antonia zu säen. Er behauptete, dass es sich um Missverständnisse handelte und dass Marco zu Unrecht beschuldigt wurde. Doch die Beweislage sprach eine andere Sprache. Die Textnachrichten von Marco wurden als Beweis vorgelegt, und sie enthielten klare Bedrohungen und aggressive Aussagen.

Die Verhandlung dauerte zwei Stunden. Schließlich war es Zeit für das Urteil. Der Richter verkündete seine Entscheidung: Marco wurde für schuldig befunden und zu einer Freiheitsstrafe verurteilt, diese war jedoch bedingt, da er sich reuevoll zeigte. Jedoch wurde ein lebenslanges Kontakt-, Annäherungs- und Näherungsverbot ausgesprochen. Gregor und Antonia atmeten erleichtert auf, nun würde endlich Ruhe in ihr Leben einkehren. Sie waren erleichtert, dass die Bedrohung durch Marco vorbei war und dass Gerechtigkeit geschehen war. Sie wussten, dass es noch eine Weile dauern würde, um die Ereignisse zu verarbeiten, aber sie waren entschlossen, wieder Frieden und Sicherheit in ihrem Leben zu finden.

Kapitel 33
Annäherung und Versöhnung

An einem Wochenende, als Antonia Lizzy nach Hamburg gefahren war, um Lizzy zu treffen, entschloss sie sich, auch Frau Petersen zu besuchen. Die beiden verabredeten sich in einem Café in der Innenstadt.

Antonia war nervös, als sie das Café betrat. Sie sah sich um und entdeckte Gregors Schwester an einem kleinen Tisch in einer Nische. Sie begrüßten einander und Antonia setzte sich.

„Ich möchte, dass wir uns besser kennenlernen", sagte sie. „Ich weiß, dass Gregor und ich noch nicht lange zusammen sind, aber ich mag ihn wirklich und ich möchte, dass Sie wissen, dass ich ihn respektiere und mich um ihn kümmere."

Frau Petersen sagte kühl: "Sie denken wohl, ich bin naiv. Ich weiß, dass Gregor ein schönes Haus und einen guten Job hat, und ich bin sicher, dass Sie nur deshalb bei ihm sind."

Antonia war verwirrt und überrascht. "Nein, das ist nicht wahr", protestierte sie. "Ich bin wirklich in Gregor verliebt und er in mich."

Frau Petersen schüttelte den Kopf. "Ich werde Sie im Auge behalten. Gregor hat schon genug durchgemacht, er braucht keine Frau, die ihn ausnutzt."

Antonia konnte ihre Enttäuschung und Verärgerung nicht verbergen. Sie hatte gehofft, dass Gregors Schwester sie akzeptieren würde, aber es war klar, dass das nicht der Fall war.

„Bitte geben Sie mir Zeit, damit ich Sie besser kennenlernen kann und damit Sie sehen, dass Gregor und ich tatsächlich tiefe Gefühle füreinander haben. Und vor allem, dass die Kinder glücklich sind."

Fast schien es, dass Frau Petersen gewillt war, Antonia diese Zeit zu geben, denn sie wechselte das Thema und plauderte über dies und das. Dennoch war Antonia traurig und verletzt über die Begegnung, denn sie hatte keine Versöhnung erreicht.

Antonia saß auf der Couch und starrte ins Leere, als Gregor ins Wohnzimmer kam. "Was ist los, Liebling?" fragte er besorgt und setzte sich neben sie.

"Es war schrecklich", sagte Antonia, "deine Schwester hat mich behandelt, als ob ich nur an deinem Geld und deinem Haus interessiert wäre. Sie hat mir nicht ein einziges Mal ins Gesicht geschaut."

Gregor seufzte und nahm ihre Hand. "Sie hat einfach nur Angst, dass ich wieder verletzt werde. Ich weiß, dass es keine Entschuldigung ist, aber bitte verurteile sie nicht zu hart."

"Ich verurteile sie nicht", sagte Antonia leise, "ich bin nur traurig darüber. Ich dachte, dass wir eine gute Beziehung aufbauen könnten, aber anscheinend habe ich mich geirrt."

Gregor strich ihr über den Rücken und sagte sanft: "Du hast nichts falsch gemacht. Meine Schwester braucht einfach etwas Zeit, um dich kennenzulernen. Sie ist diszipliniert und hat eine klare Vorstellung davon, wie Dinge gemacht werden sollten. Sie hat wenig Verständnis für moderne Technologien und gesellschaftliche Entwicklungen und hält leider zu oft an traditionellen Werten und Konventionen fest. Ja, ihr Blick ist oft skeptisch und misstrauisch, aber trotz ihrer harten Schale ist sie auch fürsorglich und liebevoll, sie würde alles für mich und die Kinder tun. Gib ihr noch eine Chance, okay?"

Antonia nickte und legte ihren Kopf auf seine Schulter. "Ich liebe dich", flüsterte sie.

"Ich liebe dich auch", sagte Gregor und küsste sie auf die Stirn.

„Was hältst du davon … ich traue mich fast nicht, dich darum zu bitten … dass du sie anrufst und die Situation klärst?"

Gregor zögerte einen Moment, dann sagte er: „Nun gut, ich kann es versuchen." Er wählte die Nummer seiner Schwester. Die Spannung lag wie ein schwerer Vorhang in der Luft, während das vertraute Klingeln ertönte.

„Ich bin's, Gregor."

"Gregor? Was gibt es?", erklang die knappe Stimme seiner Schwester am anderen Ende der Leitung.

"Ich muss mit dir über etwas Wichtiges sprechen", begann Gregor mit einer gewissen Entschlossenheit in seiner Stimme. "Es geht um Antonia."

Ein Moment des Schweigens folgte, bevor Frau Petersen antwortete: "Was ist mit ihr? Ich hoffe, du verstehst, dass sie nicht die richtige Wahl für dich ist."

Gregor seufzte, während er versuchte, seine Worte wohlüberlegt zu wählen. "Ich muss dir sagen, dass ich mich in Antonia verliebt habe. Ich liebe sie. Sie ist eine wunderbare Frau, die mein Leben bereichert. Und ich möchte mit ihr zusammen sein, egal was du denkst."

Die Stimme von Frau Petersen klang zunächst überrascht, doch dann schwang ein Hauch von Verständnis mit. "Gregor, ich … Ich weiß, dass ich bisher nicht sehr nett zu Antonia war, und ich bereue meine Ablehnung. Es war egoistisch von mir. Aber ich will nur dein Bestes. Bitte sei vorsichtig, du hast schon so viel durchgemacht."

Gregor fühlte Erleichterung. "Ich weiß, dass du nur mein Bestes willst, aber ich bitte dich, gib Antonia eine Chance. Sie meint es ernst mit mir, und ich bin glücklich mit ihr. Sie verdient es, akzeptiert und respektiert zu werden."

Ein Moment des Schweigens verstrich, bevor Frau Petersen leise erwiderte: "Ich werde es versuchen, Gregor. Ich werde versuchen, sie besser kennenzulernen und netter zu ihr zu sein. Aber sei bitte vorsichtig, okay? Dein Glück liegt mir am Herzen."

Gregor lächelte und fühlte, wie sich eine Last von seinen Schultern löste. "Ich hoffe, dass du Antonia eine Chance gibst. Sie ist ein wundervoller Mensch."

„Wenn es dir so wichtig ist, dass ich nicht zwischen euch stehe …"

„Ja, es ist mir sehr wichtig, mein zukünftiges Leben

und das von Lena und Lukas hängt davon ab, ob wir alle eine liebevolle Familie sind, du eingeschlossen."

Nachdem sie noch eine Weile miteinander gesprochen hatten, legten Gregor und seine Schwester schließlich auf. Antonia fühlte sich erleichtert. „Danke, dass du sie angerufen hast", sagte sie, „das ist ein wichtiger kleiner Schritt. Ich will nicht, dass du und die Kinder Gitta nicht mehr so oft sehen, nur weil sie und ich nicht gut miteinander auskommen. Familienstreitigkeiten sind schrecklich, das will ich nicht haben."

Kapitel 34
Die zweite Gerichtsverhandlung

Ein paar Tage später erhielt Gregor einen Anruf von der Polizei. David hatte sich endlich gestellt und sollte vor Gericht gestellt werden. Gregor wusste, dass er gegen ihn aussagen musste und dass er wieder mit der Vergangenheit konfrontiert werden würde. Antonia versprach ihm, ihn zu unterstützen und an seiner Seite zu stehen.

Gregor entschloss sich, ins Gefängnis zu gehen, um mit David zu sprechen. Er betrat das Gefängnis und wurde von einem Wachmann in den Besprechungsraum geführt. Als er den Mann sah, der für den Tod seiner Frau verantwortlich war, fühlte er einen Stich im Magen.

"David", sagte er mit einem ruhigen, aber bestimmten Ton, "ich möchte mit dir über die bevorstehende Gerichtsverhandlung sprechen."

"Ich bin unschuldig", sagte David mit fester Stimme. "Ich weiß nicht, wie oft ich es dir schon gesagt habe."

"Du hast den Unfall verursacht", erwiderte Gregor. "Ich warne dich, wenn du nicht die Verantwortung übernimmst, werde ich alles tun, um sicherzustellen, dass die Wahrheit ans Licht kommt."

David verzog das Gesicht. "Ich habe nichts falsch gemacht", betonte er erneut.

"Du hast meine Frau getötet", antwortete Gregor. "Du hast zwei Kinder ohne Mutter zurückgelassen. Das ist falsch genug."

"Ich verstehe dich, aber ich werde nicht als Sündenbock herhalten", sagte David mit einem kühlen Blick.

"Ich werde vor Gericht aussagen, was passiert ist", sagte Gregor.

David schnaubte. "Du glaubst doch nicht im Ernst, dass ich mir das gefallen lassen werde. Ich werde dich vor Gericht fertigmachen."

"Das werden wir sehen", sagte Gregor, stand ohne ein weiteres Wort auf, um zu gehen.

Die Tür zum Besprechungsraum fiel hinter ihm zu. Gregor seufzte und schüttelte den Kopf. Er wusste, dass die bevorstehende Gerichtsverhandlung schwierig werden würde. Er wusste aber auch, dass er für die Wahrheit kämpfen musste.

Die nächsten Wochen verbrachte Gregor damit, sich auf seine Aussage vorzubereiten und sich auf den bevorstehenden Prozess vorzubereiten. Antonia half ihm, wo sie konnte, und stand ihm bei jedem Schritt des Weges zur Seite.

"Antonia, ich werde selbstverständlich gegen David aussagen", sagte Gregor ernst.

"Bist du schon bereit für die Gerichtsverhandlung?" fragte sie.

"Ich denke ja", antwortete Gregor. "Ich habe keine andere Wahl. Ich muss für meine Frau kämpfen und Gerechtigkeit für sie suchen."

Antonia nickte verständnisvoll. "Ich werde für dich da sein, wenn du mich brauchst", sagte sie und legte ihre Hand auf seine.

Gregor fühlte sich von Antonias Unterstützung gestärkt und war bereit, sich der Herausforderung zu stellen. Er war entschlossen, für seine Frau zu kämpfen und hoffte, dass das Gericht gerecht sein würde.

Die Gerichtsverhandlung fand zwei Monate später statt. Gregor hatte sich gut vorbereitet und war nervös, als er sich im Gerichtssaal umsah. David hatte sich schuldig bekannt, aber er behauptete, dass er nicht genug Zeit gehabt hatte, um zu bremsen.

Der Anwalt des Angeklagten argumentierte, dass der Unfall eine Tragödie war, aber dass es ein Unfall war, und dass sein Mandant nicht bestraft werden sollte. Der Staatsanwalt dagegen argumentierte, dass der Angeklagte verantwortlich war und dass er wegen fahrlässiger Tötung verurteilt werden sollte.

Als Gregor aufgerufen wurde, seine Aussage zu machen, fühlte er sich sehr nervös. Er erzählte dem Gericht, wie sehr er seine Frau geliebt hatte und wie sehr er sie vermisste. Er erzählte auch, wie der Unfall passiert war und wie er immer noch jede Nacht davon träumte.

"Ich weiß, dass ich den Unfall nicht verursacht habe. Aber ich trage trotzdem eine Mitschuld an dem Tod meiner Frau", begann Gregor seine Aussage vor Gericht. "Ich war am Steuer und ich habe nicht schnell genug reagiert, um einen Unfall zu vermeiden. Aber ich möchte betonen, dass ich nicht unter Alkohol- oder Drogeneinfluss stand und dass ich die Verkehrsregeln eingehalten habe."

Gregor schluckte und fuhr fort: "Ich weiß, dass ich nicht alles richtig gemacht habe in meinem Leben. Ich habe meine Frau in Alltagskleinigkeiten angelogen, die vielleicht belanglos sind, aber trotzdem bereue das zutiefst. Ich liebe sie noch immer und ich vermisse sie jeden Tag. Ich würde alles tun, um sie zurückzubekommen, aber das kann ich nicht. Ich kann nur für meine Fehler einstehen und versuchen, daraus zu lernen. Aber diese Fehler betreffen ausschließlich mein privates Leben mit meiner verstorbenen Frau. Was den Unfall betrifft, trage ich keine Schuld."

Gregor blickte zu den Richtern und den Geschworenen und fügte hinzu: "Ich bitte meine Frau in Gedanken um Vergebung für die vielen unnötigen Streitigkeiten, die zwangsläufig im Laufe einer langen Ehe entstehen. Aber der Tod meiner Frau ist die Schuld des Angeklagten."

Die Anwälte befragten ihn ausführlich, aber Gregor blieb ruhig und gelassen. Er hatte sich entschieden, die Wahrheit zu sagen und nichts zu verheimlichen.

Am Ende des Tages sprach der Richter das Urteil aus. David wurde wegen fahrlässiger Tötung schuldig befunden und zu einer Gefängnisstrafe verurteilt. Gregor fühlte sich erleichtert, dass der Fall vorbei war und dass David bestraft worden war, aber er wusste, dass er immer noch mit den Erinnerungen an den Unfall leben musste.

Nach dem Prozess kehrten Gregor und Antonia nach Hause zurück. Nachdem sie die Tür geschlossen hatten, fielen sie einander in die Arme und Gregor bedankte sich bei Antonia für ihre Unterstützung.

"Ich könnte das alles nicht ohne dich durchstehen", sagte Gregor. "Danke, dass du immer für mich da bist."

Antonia lächelte und erwiderte: "Das ist, was Freunde tun. Wir helfen einander in schwierigen Zeiten."

Frau Petersen hatte während der Gerichtsverhandlung auf die Kinder aufgepasst. Nun verabschiedete sie sich von Gregor, sie war nach wie vor zurückhaltend zu Antonia.

Antonia und Gregor verbrachten den Rest des Tages im Garten, während die Kinder spielten. Die beiden genossen die frische Luft und den Ausblick auf die malerische Landschaft. Antonia konnte sehen, wie gut Gregor das tat, er wirkte entspannter als zuvor. Sie unterhielten sich über ihre jeweiligen Leben, über die Träume und Hoffnungen, die sie hatten.

"Es ist seltsam", sagte Gregor schließlich. "Ich habe das Gefühl, als ob ich seit dem Tod meiner Frau in einem Dämmerzustand gelebt habe. Ich habe nur noch existiert, aber nicht mehr gelebt."

"Das kann ich verstehen", antwortete Antonia. "Aber du darfst nicht vergessen, dass du immer noch lebst und dass das Leben weitergeht. Es gibt immer noch so viele Dinge zu erleben und zu entdecken."

Gregor sah sie an und lächelte. "Danke, dass du das

sagst. Du hast mir wieder Lebensfreude gegeben."

Sie schwiegen eine Weile. Antonia dachte darüber nach, wie viel sie in den letzten Wochen gelernt hatte. Sie hatte sich selbst neu entdeckt und war bereit, ihr Leben auf eine neue Art und Weise zu leben. Sie spürte, wie sich etwas in ihr verändert hatte.

Plötzlich klingelte Gregors Handy. Er zögerte einen Moment, bevor er abnahm. "Ja, Hallo?", sagte er.

Antonia konnte nur hören, was Gregor sagte, aber sie konnte erkennen, dass etwas nicht stimmte. Gregors Gesicht verfinsterte sich und er sah besorgt aus. Schließlich legte er auf und wandte sich an Antonia.

"Das war die Polizei", sagte er. "Es gab einen Autounfall auf der Autobahn. Meine Schwester war daran beteiligt."

"Was ist passiert? Ist sie okay?", fragte Antonia besorgt.

"Ich weiß nicht", sagte Gregor und griff nach seinem Handy. Er wählte die Nummer seiner Schwester und wartete ungeduldig auf eine Antwort.

Antonia beobachtete ihn nervös und wartete darauf, dass er mehr Informationen erhalten würde. Schließlich meldete sich jemand am anderen Ende der Leitung.

"Ja, hallo?", sagte Gregors Schwester.

"Gitta, was ist passiert? Bist du okay?", fragte Gregor schnell.

"Ich bin okay, aber das Auto ist total Schrott. Ich habe einen Reifenplatzer gehabt und bin in die Leitplanke gekracht", erklärte Gitta.

Gregor atmete erleichtert auf. " Ich bin froh, dass es dir gut geht. Wo bist du jetzt?"

"Ich warte auf den Abschleppwagen. Es wird eine Weile dauern, bis ich zu Hause bin", antwortete Gitta.

"Ich werde dich abholen kommen. Bleib dort, wo du bist", sagte Gregor und beendete das Gespräch.

Antonia fragte besorgt: "Ist alles in Ordnung?"

"Ja, sie hat nur einen Reifenplatzer gehabt und ist in die Leitplanke gekracht. Ich muss los und sie abholen. Du kannst hier bleiben, wenn du möchtest", sagte Gregor und gab Antonia einen Kuss auf die Wange.

Gregor wirkte erleichtert, als er von seiner Schwester berichtete, aber auch traurig, als er an den schrecklichen Unfall seiner Frau dachte. Er seufzte und lehnte sich zurück. "Ich kann es nicht fassen", sagte er. "Zwei Autounfälle in so kurzer Zeit. Es ist, als ob das Schicksal mich verfolgt."

Antonia legte sanft eine Hand auf seinen Arm. "Es tut mir so leid, dass du all das durchmachen musst", sagte sie einfühlsam.

Gregor schaute sie dankbar an. "Danke, Antonia. Ich weiß nicht, was ich ohne dich machen würde."

Sie lächelte ihm aufmunternd zu. "Du musst stark bleiben, Gregor. Du hast bereits so viel durchgemacht, aber du bist immer noch hier. Du hast deine Kinder und eine Zukunft vor dir."

Gregor nickte und griff nach ihrer Hand. "Du hast recht", sagte er. "Ich bin froh, dass ich dich habe, um mich daran zu erinnern."

Sie lächelte und drückte seine Hand. "Ich bin immer für dich da, Gregor", sagte sie.

Antonia beobachtete, wie Gregor aus dem Haus eilte. Sie war erleichtert, dass Gitta okay war, aber sie wusste, dass Gregor immer noch sehr emotional war.

Kapitel 35
Ein erfreulicher Besuch

Eine Woche später besuchte Gitta Gregor. Antonia hatte einen Kuchen gebacken und hoffte, dass er Gitta schmecken würde. Die Kinder freuten sich, dass sie ihre Tante, die sie sehr liebten, wieder sehen würden.

Antonia saß nervös auf der Couch im Wohnzimmer, während sie auf Gitta wartete. Seit dem Autounfall von Gitta hatte Antonia immer wieder an sie gedacht und wie glücklich sie war, dass Gregors Schwester unverletzt geblieben war.

Gregor war noch in seinem Arbeitszimmer und die Kinder spielten im Kinderzimmer, als Gitta klingelte und Antonia die Tür öffnete. Gitta hatte einen nachdenklichen Ausdruck auf dem Gesicht, als sie Antonia die Hand reichte. Beide Frauen hatten sich seit dem Vorfall nicht gesehen, und die Anspannung zwischen ihnen war deutlich spürbar.

"Hallo Frau Petersen", begrüßte Antonia sie mit einem Hauch von Unsicherheit in ihrer Stimme.

Gitta sah sie einen Moment lang schweigend an, bevor sie langsam sprach: "Antonia, zuerst einmal möchte ich dir das Du-Wort anbieten. Und ich möchte mich für mein Verhalten entschuldigen. Ich war unfair zu dir, und ich habe dich verurteilt, ohne dich wirklich zu kennen. Der Unfall hat mir gezeigt, wie kostbar das Leben ist und wie wichtig es ist, alte Streitigkeiten hinter sich zu lassen."

Antonia spürte eine Mischung aus Erleichterung und

Freude. Sie hatte gehofft, dass dieser Moment der Versöhnung kommen würde, aber sie hatte nicht erwartet, dass es so schnell geschehen würde.

"Danke, Gitta", erwiderte Antonia, bemüht, ihre Stimme ruhig zu halten. "Ich akzeptiere deine Entschuldigung. Ich weiß, dass du nur das Beste für Gregor und seine Familie willst, genauso wie ich. Wir können gemeinsam eine gute Beziehung aufbauen, wenn wir uns darauf konzentrieren, füreinander da zu sein."

Gitta nickte langsam und ein freundliches Lächeln erschien auf ihrem Gesicht. "Ja, das sollten wir. Ich möchte uns die Chance geben, einander besser kennenzulernen. Du bist wichtig für Gregor, und ich kann sehen, wie sehr er dich liebt. Ich möchte dich unterstützen und für dich da sein."

Antonia lächelte erleichtert. "Das bedeutet mir viel, Gitta. Ich möchte ebenfalls eine gute Beziehung zu dir aufbauen und ein Teil von Gregors Familie sein. Wir können gemeinsam für seine Kinder da sein und uns gegenseitig unterstützen."

Die beiden Frauen gingen ins Wohnzimmer, wo Antonia den Tisch schon für die Kaffeejause gedeckt hatte.

„Oh, du hast meinen Lieblingskuchen gebacken, wie aufmerksam von dir", sagte Gitta.

Antonia hatte tatsächlich Gregor gefragt, welche Süßigkeiten seine Schwester am liebsten hatte. Und es war ein Aprikosenkuchen, den Antonia dann gebacken hatte.

Antonia rief Gregor und die Kinder und schließlich saßen alle um den Tisch herum. Gitta hatte kleine Geschenke für die Kinder mitgebracht, mit denen Lena und Lukas sofort zu spielen begannen.

Gregor öffnete eine Flasche Sekt und die drei Erwachsenen stießen miteinander an.

„Auf ein wundervolles Miteinander", sagte Gregor. Es war ein Anfang, ein Schritt in Richtung einer herzlichen gemeinsamen Zukunft für die ganze Familie.

Als Gitta sich schließlich verabschiedete, spürte Antonia Erleichterung und Vorfreude. Sie wusste, dass es noch Arbeit brauchen würde, um ihre Beziehung zu Gitta zu festigen, aber sie war zuversichtlich, dass sie gemeinsam eine gute Basis schaffen konnten.

Kapitel 36
Gregors Geburtstag

Gregor hatte Geburtstag. Antonia war nach Hamburg gefahren, um ein Geschenk für Gregors Geburtstag zu suchen. Sie hatte ein Hemd gekauft und es von Lena und Lukas mit Fingerfarben bemalen lassen. Antonia hatte eine Flasche Sekt eingekühlt und gemeinsam mit den Kindern eine fantasievolle Geburtstagstorte gebacken, bunt mit Smarties und Gummibärchen verziert.

Gregor war noch in Hamburg arbeiten, während Antonia und die Kinder alles für die Überraschungsparty vorbereitete. Sie schmückten das Haus mit Ballons und Girlanden. Als Gregor ankam, sangen sie alle "Happy Birthday" und übergaben ihm das Geschenk der Kinder. Gregor war gerührt und konnte nicht aufhören zu lächeln.

Antonia hatte sich viel Mühe gegeben, um sicherzustellen, dass alles perfekt sein würde.

Als Gitta kam, fühlte Antonia, wie ihre Anspannung stieg. Sie stellte sicher, dass jeder etwas zu trinken und zu essen hatte, aber sie konnte nicht aufhören, sich Sorgen zu machen.

"Antonia, was ist los?", fragte Gregor und legte eine Hand auf ihre Schulter. "Du wirkst so gestresst."

"Ich will nur sicherstellen, dass alles gut läuft", antwortete Antonia, „es ist ja das erste richtige Familientreffen mit Gitta."

"Es ist wichtig für mich, dass du hier bist", sagte Gregor. "Du bist ein großer Teil meines Lebens geworden, Antonia. Ich weiß nicht, was ich ohne dich machen würde."

Antonia errötete bei seinen Worten und spürte, wie ihr Herz schneller schlug. Sie freute sich, dass er in Gegenwart seiner Schwester so offen über seine Gefühle sprach. Sie wusste nicht, was sie sagen sollte.

"Danke, Gregor", sagte sie schließlich leise. "Ich bin froh, dass ich an deiner Seite bin."

Gitta begann, mit den Kinder zu spielen, Lena und Lukas tobten vergnügt im Wohnzimmer herum. Antonia lächelte, als sie die glücklichen Gesichter sah, und wusste, dass sie alles richtig gemacht hatte.

Später am Abend, als Gitta gegangen war und die Kinder im Bett lagen, saßen Antonia und Gregor auf der Terrasse und starrten in die Sterne.

Antonia fragte Gregor, wie er sich fühle und er antwortete, dass er dank ihr und den Kindern endlich glückliche Momente erlebe.

Plötzlich fing es an zu regnen und sie rannten gemeinsam ins Haus. Sie lachten und scherzten und am Ende des Abends sagte Gregor zu Antonia, dass er eine tiefe Liebe für sie empfinde. Antonia war überrascht über sein emotionales Geständnis. Sie setzten sich auf die Couch im Wohnzimmer.

"Es war ein wunderschöner Tag", sagte Gregor und nahm Antonias Hand. "Ich danke dir dafür, dass du ihn so besonders gemacht hast."

Antonia lächelte und drückte seine Hand. "Es war mir eine Freude. Aber es war nicht alles perfekt. Ich denke, ich habe den Kuchen ein wenig verbrannt."

Gregor lachte. "Das ist mir egal. Der Kuchen war trotzdem köstlich. Und wunderschön lustig."

Sie sahen sich in die Augen und Antonia spürte eine Intensität in ihrer Verbindung, die sie zuvor nicht gespürt hatte. Sie wusste, dass sie sich zu ihm hingezogen fühlte, aber sie hatte nach wie vor ein bisschen Angst, ihre Gefühle zuzulassen.

"Antonia", sagte Gregor leise und beugte sich näher zu ihr. "Ich weiß nicht, wie ich das sagen soll, aber ich habe das Gefühl, dass da so viel zwischen uns ist, wie ich es noch nie empfunden habe."

Antonia konnte ihre Überraschung nicht verbergen. Sie wusste nicht, was sie sagen sollte.

"Es tut mir leid, dass es zwischen uns in letzter Zeit so schwierig war."

"Wir haben beide viel durchgemacht und es war sicher nicht einfach für uns."

"Ich bin unendlich glücklich, dass du da bist, Antonia. Du hast mir geholfen, wieder zu leben und zu lachen."

"Du hast auch mir geholfen, Gregor. Ich fühle mich bei dir sicher und geborgen."

"Es gibt etwas, das ich schon seit einiger Zeit sagen wollte. Ich liebe dich mit einer Intensität, die ich nicht für möglich gehalten habe, Antonia."

"Und ich liebe dich auch, Gregor, bei mir ist es genauso."

"Das hört sich wie ein Klischee an, aber ich fühle mich seit langer Zeit nicht mehr so lebendig wie mit dir an meiner Seite."

"Ich fühle mich genauso, Gregor. Es ist ein unglaubliches Gefühl."

Gregor sah ihr tief in die Augen. Antonia fühlte sich von seinem intensiven Blick angezogen und spürte ihr Herz schneller schlagen. Gregor beugte sich langsam zu ihr und küsste sie sanft. Antonia erwiderte den Kuss und sie verloren sich in einem leidenschaftlichen Moment. Nach einer Weile lösten sie sich voneinander und Gregor nahm Antonia an der Hand und zog sie von der Couch hoch.

"Ich möchte den Abend nicht enden lassen", sagte Gregor sanft, „möchtest du vielleicht … wieder … mit nach oben kommen?"

"Ich würde sehr gerne mitkommen", sagte sie leise.

Gregor stand auf und umarmte Antonia. Zusammen gingen sie die Treppe hoch. Im Schlafzimmer standen Antonia und Gregor sich gegenüber und hielten sich fest. Ihre Blicke trafen sich voller Zärtlichkeit und Verlangen. Es war, als würden sie eine unsichtbare Energie zwischen sich spüren, die ihre Herzen höher schlagen ließ.

Gregor nahm Antonias Hand und führte sie zum Bett, während sie sich weiterhin in die Augen sahen. Die Zeit schien für einen Moment stillzustehen, als sie sich langsam auf das weiche Laken niederließen.

Sanft strichen seine Hände über Antonias Wange, während er ihr zärtlich ins Ohr flüsterte: "Du bist das Beste, was mir je passiert ist. Ich liebe dich mehr als alles andere auf der Welt." Antonia konnte die

Ehrlichkeit und Tiefe seiner Worte spüren, und ein warmes Gefühl der Geborgenheit umhüllte ihr Herz.

Sie erwiderte seinen Blick voller Liebe und Vertrauen, bevor sie sich langsam näherkamen. Ihre Lippen berührten sich in einem leidenschaftlichen Kuss, der ihre Sehnsucht und Verbundenheit zum Ausdruck brachte.

Mit jeder zärtlichen Berührung entfachte sich ihre Leidenschaft weiter. Gregors Hände glitten behutsam über Antonias Rücken, während sie sich langsam entkleideten, die Kleidungsstücke auf den Boden fallen ließen und sich gegenseitig erkundeten.

Ihre Körper verschmolzen in einem sinnlichen Tanz, ihre Bewegungen voller Anmut und Hingabe. Die Lust zwischen ihnen wurde von Moment zu Moment intensiver, während sie sich in einer Vereinigung der Sinne verloren.

Im Rhythmus ihrer Liebe verschmolzen sie zu einer Einheit, die die Grenzen zwischen ihnen verschwinden ließ. Es war eine tiefe Verbindung, die sie nur zu zweit teilten, ein Moment der vollkommenen Hingabe und gegenseitigen Erfüllung.

Nachdem ihre Leidenschaft langsam abgeklungen war, lagen sie eng umschlungen im Bett, ihre Körper noch immer von der gemeinsamen Ekstase erfüllt. Ihre Blicke trafen sich erneut, voller Glückseligkeit und Liebe.

In diesem Moment wussten sie, dass sie mehr als nur körperlich vereint waren. Sie hatten eine emotionale und spirituelle Verbindung geschaffen, die weit über die physische Intimität hinausging. Es war ein Moment, der ihre Liebe gefestigt und ihre Bindung gestärkt hatte.

Und so verbrachten sie den Rest der Nacht in inniger Umarmung, ihren Körpern nah und ihren Herzen vereint. Sie genossen die Stille und den Frieden der Nacht, während sie gemeinsam einen Moment der tiefen Verbundenheit und wahrer Liebe erlebten.

Am nächsten Morgen fühlte Antonia sich glücklich und verliebt. Sie und Gregor ` beschlossen, ihre Beziehung offiziell zu machen und es den Kindern zu sagen.

Kapitel 37
Die Kinder sind krank

Antonia kümmerte sich liebevoll um Lena und Lukas, die seit ein paar Tagen krank im Bett lagen. Sie brachte ihnen Tee und Suppe ans Bett, las ihnen Geschichten vor und spielte mit ihnen, um ihre Stimmung zu heben.

Als Gregor abends nach Hause kam, war er erleichtert zu sehen, dass Antonia sich so gut um die Kinder kümmerte. Er umarmte sie dankbar und fragte, wie es den Kindern ging.

"Sie sind immer noch etwas schwach, aber ich denke, es geht ihnen langsam besser", sagte Antonia. "Ich habe ihnen etwas vorgelesen und wir haben ein Spiel gespielt. Ich denke, es hat ihnen gutgetan, ein bisschen Ablenkung zu haben."

Gregor nickte zustimmend. "Ich bin so froh, dass du hier bist, um mir zu helfen. Ich weiß nicht, was ich ohne dich machen würde."

Antonia lächelte ihn an. "Keine Sorge, ich bin gerne für euch da. Ich mag es, Zeit mit Lena und Lukas zu verbringen."

Gregor drückte ihre Hand. "Du bist unglaublich. Danke, dass du immer für uns da bist."

Kapitel 38
Auf dem Friedhof. Und ein erfreulicher Brief.

An einem der Tage fragte Gregor Antonia, ob sie ihn zum Friedhof begleiten wollte, er ging regelmäßig zum Grab seiner Frau, aber diesmal wollte er, dass sie mitkam.

Die Sonne schien hell und der Himmel war blau. Antonia hielt Lukas und Lena fest an den Händen, als sie am Grab von Sabine standen. Die beiden Kinder waren traurig und verwirrt. Sie vermissten ihre Mutter, aber sie waren noch zu jung, um die endgültige Bedeutung des Todes zu verstehen.

Gregor hatte Blumen auf den Grabstein gelegt und die elektrischen Kerzen ausgetauscht.

Antonia beugte sich zu Lukas und Lena hinunter und flüsterte sanft: "Es ist okay, traurig zu sein. Wir alle vermissen eure Mama sehr, aber sie wird immer in unseren Herzen bleiben."

Lukas sah Antonia an und fragte: "Wird Mama jemals wiederkommen?"

Antonia nahm Lukas in den Arm und antwortete: "Nein, leider nicht. Aber wir können uns immer an sie erinnern und ihre Liebe in unseren Herzen tragen."

Lena schaute traurig drein und fragte: "Und wo ist Mama jetzt?"

Gregor trat näher und legte eine Hand auf Lenas Schulter. "Sie ist jetzt an einem besseren Ort. Sie schaut auf uns herab. Sie wird immer da sein, um auf uns aufzupassen."

Antonia lächelte Gregor dankbar an und sah dann

wieder zu Lukas und Lena. "Ihr könnt euch auch immer an die schönen Zeiten erinnern, die ihr mit eurer Mama hattet und das wird euch helfen, sie in eurem Herzen zu behalten."

Die Kinder nickten und drückten Antonias Hände fester.

Gregor und Antonia machten sich auf den Weg zurück nach Hause. Als sie am Gartentor ankamen, öffnete Gregor den Briefkasten und nahm ein Kuvert heraus.

"Was ist das?", fragte Antonia neugierig, nachdem sie Gregors erfreutes Gesicht gesehen hatte.

Gregor sah sie an und antwortete: "Ein Brief von der Versicherung. Sie haben endlich entschieden, wie viel Geld ich für den Unfall bekomme."

Antonia war gespannt. "Und?"

Gregor lächelte. "Es ist genug, um das Haus abzubezahlen und ein bisschen Geld für die Kinder zurückzulegen. Ich werde mich vielleicht auch auf die Suche nach einem neuen Job machen."

„Das Haus muss abgezahlt werden?"

„Ja, ich habe riesengroße Renovierungsarbeiten machen lassen, das Haus ist ja mein Elternhaus, und sie haben nicht so viel verdient, um es in Stand zu halten. Ich wollte es für Sabine und mich perfekt haben. Das hat viel gekostet. Und nun bin ich dank der Versicherungssumme meine Geldsorgen los."

Antonia umarmte ihn fest. "Das freut mich so sehr für dich, Gregor. Du hast es verdient, dass es endlich bergauf geht."

Sie lösten sich voneinander und Antonia bemerkte, dass Gregor sie betrachtete, als würde er etwas sagen wollen. Plötzlich beugte er sich vor und küsste sie.

Antonia war überrascht, aber sie erwiderte den Kuss. Es war ein sanfter, zärtlicher Kuss, der ihr Herz zum Rasen brachte.

Als sie sich voneinander lösten, sahen sie sich tief in die Augen. Antonia spürte, wie ihr die Tränen in die Augen stiegen.

"Ich liebe dich sehr, Antonia", flüsterte Gregor.

Antonia lächelte. "Ich liebe dich auch sehr, Gregor."

Gregor und Antonia saßen am nächsten Tisch in der gemütlichen Essecke in der Küche. Antonia hatte noch einmal Kaffee aufgesetzt, denn Gregor hatte sich einen Tag frei genommen, um seine Finanzangelegenheiten durchzusehen. Die Kinder waren bereits in der Schule und im Kindergarten. Gregor starrte gedankenverloren aus dem Fenster, während Antonia in ihrer Tasse herumrührte und darauf wartete, dass er etwas sagte. Nach einer Weile wandte er sich schließlich zu Antonia.

"Ich habe beschlossen, dass ich dieses Haus verkaufen werde", sagte er. „Ich kann einfach nicht mehr hier bleiben, ich will etwas Neues beginnen."

"Was?", fragte Antonia erstaunt, „aber warum das denn auf einmal?"

"Ich will ehrlich gesagt nicht mehr hier bleiben. Jeder Tag kann mich an meine Vergangenheit erinnern, an meine Fehler. Ich will einen Neuanfang machen, mit dir."

"Und was ist mit den Kindern? Sie sind hier aufgewachsen, haben hier ihre Freunde."

"Wir werden eine Lösung finden, wir können in eine andere Stadt ziehen. Ich werde eine neue Stelle suchen, wo ich nicht ständig mit meiner Vergangenheit konfrontiert werde."

"Ich weiß nicht, ob ich das gut finde. Ich meine, ich verstehe, dass du einen Neuanfang machen willst, aber das hier ist auch unser Zuhause."

"Es war das Zuhause mit Sabine. Sie ist hier überall spürbar. Ich weiß, dass sie mich und dich und die Kinder von oben herab bewacht, aber trotzdem denke ich, dass wir, du und ich, einen kompletten Neustart verdient haben. Ich will nicht mehr hier bleiben. Ich möchte ein neues Leben mit dir beginnen."

Sie schauten sich eine Weile schweigend an, bis Gregor schließlich aufstand und Antonia umarmte. Sie küssten sich innig.

Kapitel 39
Streit

Antonia war gerade dabei, das Abendessen zuzubereiten, als sie die Kinder im Wohnzimmer laut streiten hörte. Sie ging zu ihnen und sah, wie Lena und Lukas sich gegenseitig an den Haaren zogen.

"Was ist denn los?", fragte Antonia, „warum streitet ihr euch?"

"Lukas hat meinen Computer genommen, ohne mich zu fragen!", beklagte sich Lena verärgert.

"Aber ich wollte doch nur damit spielen!", schluchzte Lukas.

"Okay, okay, beruhigt euch", versuchte Antonia zu schlichten, „lasst uns doch zusammen eine Lösung finden. Wie wäre es, wenn ihr den Computer gemeinsam benutzt?"

"Nein! Lukas soll ihn zurückgeben!", beharrte Lena trotzig.

"Aber ich will auch mal damit spielen!", schrie Lukas.

"Hört mal, ich verstehe, dass ihr beide damit spielen wollt", sagte Antonia, „aber das geht nicht, wenn ihr streitet. Wie wäre es, wenn ihr euch abwechselt? Lena, du darfst zuerst damit spielen und in einer halben Stunde darf Lukas, okay?"

Doch plötzlich schrien beide Kinder gleichzeitig: "Du bist nicht unsere Mama!"

Antonia war überrascht und verwirrt. Sie hatte das Gefühl, dass sie ihre Rolle als Ersatzmutter der Kinder gut ausfüllte.

"Was meint ihr damit?", fragte Antonia, „ich bin

vielleicht nicht eure Mama, aber ich liebe euch doch trotzdem."

"Aber du bist nicht unsere Mama. Wir wollen unsere richtige Mama.", schrien beide Kinder.

"Ich verstehe das ja. Aber eure Mama ist nicht mehr hier bei uns. Sie ist jetzt im Himmel", schluchzte Antonia, „und ich kümmere mich um euch und ich liebe euch sehr."

"Aber du bist nicht unsere richtige Mama!"

Antonia brach in Tränen aus und rannte in ihr Schlafzimmer. Die Kinder folgten ihr nach kurzer Zeit und fanden sie weinend auf dem Bett sitzend. Bekümmert schmiegten sich die beiden an Antonia.

"Tut uns leid, Antonia", sagte Lena.

„Wir haben dir nicht wehtun wollen", sagte Lukas, „du bist wirklich nett zu uns."

"Ja, du bist die beste Ersatzmama, die wir uns vorstellen können", sagte Lena und drückte Antonia fest.

Antonia wischte sich ihre Tränen ab. "Danke, ihr beiden. Ich weiß, dass ich nicht eure richtige Mama bin, aber ich werde trotzdem immer für euch da sein und euch lieben."

Die Kinder kuschelten sich an sie und Antonia wusste, dass sie auch ohne leibliche Verbindung eine Familie waren.

Kapitel 40
Ein Interessent

Gregor hatte eine Annonce aufgegeben, dass er das Haus verkaufen wollte. Schon bald rief ein Herr Meinhard an, der sich das Haus ansehen wollte. Gregor vereinbarte ein Treffen. Im Wohnzimmer saßen er, Antonia und Herr Meinhard auf dem Sofa. Herr Meinhard sah sich um und fragte: "Können Sie mir ein wenig über das Haus erzählen?"

Gregor antwortete: "Ja, es hat drei Schlafzimmer, zwei Bäder und einen geräumigen Wohnbereich. Der Garten ist auch schön gepflegt. Wir können ja gleich eine Tour durch das Haus machen, wenn Sie wollen."

Der Käufer nickte zustimmend: "Ich bin sehr interessiert, aber ich möchte noch mehr Informationen. Wie alt ist das Haus und hat es irgendwelche Mängel?"

Gregor erklärte: "Das Haus ist 100 Jahre alt, aber meine Eltern und dann ich haben es immer gut gepflegt. Wir haben vor kurzem das Dach komplett neu decken lassen, alles ist in gutem Zustand. Alle Leitungen wurden neu verlegt, die Heizung ist auf dem neuesten Stand und ich kann dieses Haus mit bestem Gewissen anbieten. Wir haben hier sehr gerne gelebt und wir wünschen uns, dass der nächste Besitzer es auch genießt."

Der Interessent nickte wieder und sagte, dass er gerne einen Rundgang durch das Haus machen würde. Er war Baumeister, blickte sich wie ein Profi um und stellte fest, dass alles in bester Ordnung war: "Es gefällt mir sehr gut. Wie viel möchten Sie für das Haus?"

Gregor nannte seinen Preis und der Käufer überlegte einen Moment. Dann sagte er: "Ich denke, wir können uns auf den Preis einigen. Ich würde es gerne nehmen."

Gregor war erleichtert und froh, dass er das Haus so schnell verkaufen könnte. Er besprach noch Details des Verkaufs und unterzeichnete schließlich einen Vorvertrag, der Herrn Meinhard das Vorkaufsrecht zusicherte.

„Ich weiß noch nicht genau, wann wir ausziehen werden", sagte Gregor.

„Das ist absolut in Ordnung, ich habe noch ein paar Wochen Zeit. Ich bin sehr glücklich, dass Sie mir das Haus verkaufen wollen, wenn Sie sich dazu entschieden haben."

Nachdem Herr Meinhard gegangen war, atmete er erleichtert aus. Es war ein großer Schritt für ihn und Antonia: „Ich weiß, dass es das Richtige ist, das Haus zu verkaufen und einen neuen Anfang zu machen", sagte er.

Kapitel 41
Ein Fund auf dem Dachboden

Gregor und Antonia waren auf dem Dachboden. Sie waren dabei, alte Koffer und Schachteln durchzusehen und Dinge zu sortieren, die verkauft, gespendet oder entsorgt werden sollten. Während sie in einem der Koffer stöberten, fiel ihnen ein kleiner, verschlossener Koffer auf.

"Was hast du da?" fragte Antonia, als sie den kleinen Koffer in die Hand nahm.

"Keine Ahnung", antwortete Gregor und schüttelte den Kopf. "Ich habe ihn noch nie gesehen."

Antonia öffnete den Koffer und sah ein paar Fotos einer Frau und einen Briefumschlag mit einigen Seiten eines handschriftlichen Briefes. Sie reichte beides Gregor.

"Das ist ein Brief an meine Mutter, von meiner Tante geschrieben, die sehr jung verstorben ist. Die Schwester meiner Mutter, sie hieß Hanni. Ich kann mich nicht an sie erinnern", sagte Gregor, nachdem er die ersten paar Zeilen gelesen hatte.

Seine Augen wurden groß und er atmete tief ein. "Das ist unglaublich", sagte er schließlich.

"Was steht denn drin?" fragte Antonia neugierig.

Gregor las den Brief, der mehrere Seiten lang war. Dann antwortete er: "Etwas, das meine Mutter mir nie erzählt hat."

Antonia sah ihn an und wartete darauf, dass er mehr sagte, aber Gregor schwieg. "Möchtest du es mir nicht sagen?" fragte sie schließlich.

Gregor nickte langsam und begann zu erzählen. "Meine Mutter hatte eine Schwester, aber sie ist gestorben, als sie noch sehr jung waren. Ich wusste das, aber ich wusste nicht, dass sie eine Tochter hatte."

Antonia schaute ihn verwundert an. "Eine Tochter? Wo ist sie jetzt?"

Gregor sah auf den Briefumschlag und schwieg eine Weile, bevor er antwortete. "Meine Tante hat diesen Brief geschrieben, als sie schon wusste, dass sie bald sterben würde. Ich weiß nur, dass meine Mutter und ihre Schwester großen Streit miteinander hatten, weil meine Tante Hanni sehr rebellisch war und sich nicht an Konventionen halten wollte. Sie ist von Hamburg aus ins Ausland gezogen, mehr steht hier nicht. Und dann hat sie ein Töchterchen bekommen und es zur Adoption freigegeben."

Antonia legte eine Hand auf Gregors Arm. "Was möchtest du jetzt tun?"

Gregor zögerte einen Moment, dann sagte er entschlossen: "Ich muss sie finden. Ich muss wissen, wie es ihr geht. Schließlich gehört sie zu meiner Familie."

Antonia nahm nochmals den Umschlag zur Hand und betrachtete ihn. „Da klebt eine Briefmarke aus Frankreich drauf", sagte sie erstaunt.

„Oh, Frankreich … nun, ich denke, das wäre ein Anhaltspunkt", meinte Gregor nachdenklich. Er versuchte, den Poststempel zu lesen, aber der war im Laufe der Jahre nicht mehr leserlich.

„Frankreich ist groß … und wer weiß, ob sie dort nur auf der Durchreise war, als sie den Brief abschickte. Es wird eine schwierige Angelegenheit sein, sie zu finden, aber ich will es tun", sagte Gregor.

Antonia nickte zustimmend. "Ich werde dir helfen, sie zu finden."

Nachdem Antonia und Gregor sich ein paar Tage beraten hatten, wie sie vorgehen sollten, entschieden sie, dass das einfachste wäre, einen Privatdetektiv zu engagieren.

Es dauerte eine Weile, bis sie ein passendes Detektivbüro mit guten Referenzen gefunden hatten, die Detektei Daniel Fuchs. Sie vereinbarten ein Treffen mit Herrn Fuchs in dessen Büro.

Gregor und Antonia betraten das Büro der Detektei Fuchs. Das Büro war klein, aber professionell eingerichtet. An den Wänden hingen verschiedene Auszeichnungen, Diplome und Memos, die auf vergangene Fälle und Erfolge hinwiesen. Ein alter Holzschreibtisch war mit Akten und Notizblöcken übersät, während ein großer Aktenschrank in der Ecke des Raumes stand.

Daniel Fuchs, ein schlanker Mann mit grauem Haar und einer randlosen Brille, saß hinter seinem Schreibtisch und blätterte konzentriert in einem Aktenordner. Als Gregor und Antonia näherkamen, erhob er sich und lächelte ihnen entgegen.

"Herzlich willkommen. Setzen Sie sich bitte", sagte er

und deutete auf die zwei Stühle vor seinem Schreibtisch. "Wie kann ich Ihnen helfen?"

Gregor und Antonia nahmen Platz und begannen, ihren Fall in kurzen Worten zu schildern. Daniel Fuchs hörte aufmerksam zu, während er sich Notizen machte und gelegentlich nachfragte, um weitere Details zu erfahren.

"Danke, dass Sie sich Zeit für mich genommen haben", sagte Gregor und spürte eine Mischung aus Hoffnung und Nervosität. "Ich weiß, dass es schwierig sein wird, meine Nichte zu finden, aber ich muss es einfach versuchen."

Der Detektiv nickte. "Kein Problem. Ich bin sicher, dass ich sie finden kann. Aber ich brauche ein paar Informationen von Ihnen. Können Sie mir etwas mehr über die Schwester Ihrer Mutter erzählen?"

Gregor überlegte einen Moment, bevor er antwortete. "Meine Tante hieß Hanni Petersen. Hier ist der Brief, den meine Freundin Antonia und ich auf dem Dachboden meines Elternhauses gefunden haben. Hanni hat in Hamburg gelebt, aber ich weiß nicht genau, wo. Dann ist sie ins Ausland gezogen, ich weiß nicht wohin. Sie ist vor vielen Jahren an Krebs gestorben", erklärte er mit einer Spur von Traurigkeit in der Stimme. "Meine Tante hat eine Tochter gehabt, die sie zur Adoption freigegeben hat, als die Kleine ein Baby war. Sie wusste, dass sie sterben würde. Ich habe keine Ahnung, wer die Adoptiveltern sind oder wo meine Nichte jetzt sein könnte."

Der Detektiv machte sich Notizen und dachte über

die nächsten Schritte nach. "Okay, das ist ein guter Ausgangspunkt. Ich werde in Hamburg anfangen zu suchen. Haben Sie irgendwelche Fotos von Ihrer Tante oder Ihrer Nichte?"

Gregor sagte: "Ja, ich habe ein paar alte Fotos von meiner Tante. Die waren auch in dem mysteriösen Umschlag, den wir gefunden haben. Aber keine Fotos vom Baby, von meiner Nichte."

Der Detektiv lächelte aufmunternd. "Ich werde in Hamburg ein paar Leute befragen, die in Ämtern arbeiten und sehen, ob ich etwas herausfinden kann. Es könnte ein paar Wochen dauern, aber ich werde Ihnen auf jeden Fall Bescheid geben, sobald ich etwas finde."

Gregor spürte eine Mischung aus Dankbarkeit und Hoffnung. "Vielen Dank. Ich bin bereit, alles zu tun, um meine Nichte zu finden. Ich hoffe, dass Sie Erfolg haben werden."

Der Detektiv erhob sich und streckte die Hand aus, um Gregor zu verabschieden. "Keine Sorge, ich werde mein Bestes geben", versicherte er ihm. "Ich werde Sie kontaktieren, sobald ich Neuigkeiten habe."

Gregor und Antonia spürten eine gewisse Erleichterung, dass sie die Suche nach der verschwundenen Nichte nun in professionelle Hände gelegt hatten. Sie waren zuversichtlich, dass Daniel Fuchs alles in seiner Macht Stehende tun würde, um Antworten zu finden.

"Vielen Dank, Herr Fuchs", bedankte sich Gregor.

"Wir vertrauen darauf, dass Sie Ihre Erfahrung und Ihr Können einsetzen, um uns bei dieser Suche zu unterstützen."

Kapitel 42
Neuigkeiten von Herrn Fuchs

Zehn Tage waren seit dem Treffen mit dem Detektiv Daniel Fuchs vergangen. Gregor konnte die Ungeduld kaum ertragen und wartete sehnsüchtig auf Neuigkeiten. Schließlich klingelte sein Telefon und er erkannte die Nummer des Detektivs auf dem Display.

"Herr Petersen, ich habe Neuigkeiten für Sie", sagte Herr Fuchs. "Ich konnte von einem Spezialisten das Postamt auf dem Umschlag entziffern lassen, in dem der Brief Ihrer Tante aufgegeben wurde. Es war Nizza."

Gregor spürte, wie sich ein Knoten in seinem Bauch löste und ein Hauch von Erleichterung ihn durchströmte. "Nizza? Das ist unglaublich! Sie ist also tatsächlich nach Frankreich gegangen."

Der Detektiv bestätigte Gregors Vermutung. "Ja, es scheint so. Der Brief wurde vor sehr vielen Jahren abgeschickt, aber es ist ein Anhaltspunkt. Wir können davon ausgehen, dass Ihre Nichte, wenn sie adoptiert wurde, vielleicht in der Nähe von Nizza aufgewachsen ist."

Gregor konnte sein Glück kaum fassen. Die Suche nach seiner Nichte hatte endlich konkrete Anhaltspunkte. "Das ist fantastisch, Herr Fuchs. Haben Sie noch weitere Informationen?"

Der Detektiv überlegte einen Moment. "Nun, der Brief enthält keine genaue Adresse oder weitere

Hinweise. Aber ich werde jetzt meine Ermittlungen in Nizza intensivieren. Vielleicht kann ich dort mehr herausfinden, zum Beispiel in örtlichen Behörden oder vielleicht finde ich sogar Menschen, die Ihre Tante gekannt haben könnten."

Gregor war erfreut über den engagierten Einsatz des Detektivs. "Das klingt großartig", sagte er, „bitte tun Sie alles, was Sie können, um meine Nichte zu finden. Ich vertraue Ihnen voll und ganz."

Der Detektiv versprach Gregor, sein Bestes zu geben. "Ich werde meine Kollegen in Frankreich kontaktieren, vorerst alles nur telefonisch und per Mail. Ich werde Sie auf dem Laufenden halten und mich melden, sobald ich neue Informationen habe. Aber ich muss Ihnen sagen, dass es schwierig werden kann. Die Adoptionen sind in Frankreich sehr streng geregelt und es gibt viele Gesetze, die den Zugang zu den Informationen begrenzen. Es könnte etwas Zeit in Anspruch nehmen, aber ich bin zuversichtlich, dass wir auf dem richtigen Weg sind."

Gregor bedankte sich und legte auf. Eine Welle der Hoffnung durchströmte ihn. Mit dieser neuen Information rückte die Möglichkeit, seine Nichte zu finden, ein Stück näher.

Am nächsten Tag rief Herr Fuchs nochmals an. „Ich habe die Fotos Ihrer Tante, die Sie mir überlassen haben, einem Foto-Analytiker vorgelegt, er hat mich gerade angerufen. Er konnte im Hintergrund ein Atelier und eine Staffelei entdecken. Und Ihre Tante hat offenbar Farbkleckse auf ihren Händen gehabt.

War sie Malerin?"

„Davon weiß ich nichts, aber es ist möglich, mein Großvater war Maler, vielleicht hat er sein Talent auf sie vererbt", antwortete Gregor erstaunt.

„Nun, es gibt in der Nähe von Nizza eine kleine Künstlerkolonie, in Saint-Jeannet. Ich war dort einmal auf Urlaub. Es wäre ein sehr großer Zufall, falls es sich bei dem Aufenthaltsort Ihrer Tante um dasselbe Dorf handelt. Aber es ist eine Möglichkeit. Was meinen Sie?"

Gregor konnte diese neue Information kaum glauben. „Ich fahre sofort nach Frankreich", sagte er, „vielen Dank für Ihre sorgfältige Arbeit."

Gregor und Antonia diskutierten über die neuen Informationen, die der Detektiv herausgefunden hatte. Die Erkenntnis, dass Gregors Tante Hanni nach Frankreich gezogen war, hatte sie beide aufgeregt und neue Hoffnung in ihnen geweckt.

Gregor sah Antonia ernst an. "Antonia, ich muss nach Frankreich gehen. Ich kann nicht einfach hier sitzen und warten. Wenn Hanni tatsächlich dort gelebt hat, gibt es vielleicht noch Menschen, die sie kannten oder die etwas über meine Nichte wissen könnten."

Antonia nickte. Sie wusste, wie wichtig das für Gregor war. "Es ist eine große Sache, und du musst alles tun, um Antworten zu finden. Aber soll ich dich etwa begleiten?"

„Wenn du möchtest? Wir könnten es mit einem gemeinsamen Urlaub verbinden."

„Das wäre wirklich wunderbar, aber ehrlich gesagt sehe ich meine Verantwortung hier, bei den Kindern."

„Du bist großartig. Wir können nicht immer auf Gitta zurückgreifen, das wäre egoistisch."

„Ich bin sicher, dass sie es gern tun würde, aber ich möchte Lena und Lukas Stabilität geben. Wenn schon du, ihr Papa, weg ist, dann muss wenigstens ich da sein."

Gregor lächelte dankbar und griff nach Antonias Hand.

Antonia drückte seine Hand fest und lächelte zurück. "Wir sind ein Team, Gregor."

Kapitel 43
Gregor reist nach Frankreich

Gregor nahm sich von seiner Arbeit im Steuerberatungsbüro eine Woche Urlaub und reiste nach Frankreich ab. Währenddessen wohnte Lizzy bei Antonia. Gregor hatte das vorgeschlagen und Antonia war überglücklich, ihre Freundin endlich wieder für längere Zeit zu sehen.

Antonia saß gebannt auf dem Sofa im Wohnzimmer und telefonierte mit Gregor, während Lizzy in der Küche Kaffee zubereitete. Als Lizzy mit dem Tablett ins Wohnzimmer kam, verabschiedete sich Antonia gerade von Gregor und sagte aufgeregt zu ihrer Freundin: "Lizzy, du glaubst nicht, was sich in den letzten Tagen ereignet hat! Gregor hat unglaubliche Fortschritte gemacht bei der Suche nach seiner Nichte. Der Detektiv konnte herausfinden, dass Hanni, seine Tante, nach Frankreich gezogen ist und dort eine gute Freundin namens Sophie hatte. Sie war wirklich eine wichtige Bezugsperson für Hanni. Und Gregor hat sich mit ihr getroffen."

Lizzy lauschte aufmerksam und konnte die Aufregung in Antonias Stimme spüren. "Das klingt faszinierend, Antonia. Was hat Sophie Gregor erzählt?"

Antonia strahlte und fuhr fort: "Sophie führte Gregor zu einem alten Künstleratelier, das Hanni früher genutzt hatte. Dort fand er nicht nur wunderschöne Kunstwerke, sondern auch Hannis Tagebücher. Er konnte darin so viel über das Leben seiner Tante und auch über den Streit zwischen ihr und seiner Mutter erfahren. Es war wirklich ergreifend, Lizzy."

Lizzy war beeindruckt von den Fortschritten, die Gregor gemacht hatte. Sie wusste, wie sehr er seine Nichte finden wollte und wie wichtig es für ihn war, seine Familiengeschichte besser zu verstehen. "Das ist wirklich erstaunlich, Antonia. Und hast du erfahren, ob er Hinweise auf seine Nichte gefunden hat?"

Antonia nickte eifrig und fuhr fort: "Ja, tatsächlich! Sophie gab ihm die Adresse des Waisenhauses, in dem das Kind untergebracht war. Leider konnte Sophie nichts über die Adoptiveltern erfahren, das Waisenhaus hat ihr jegliche Informationen verweigert. Ich glaube, die Gesetzeslage ist in Frankreich diesbezüglich sehr streng. Jedenfalls ist Gregor überglücklich über das, was er jetzt erfahren hat. Er macht sich gerade auf den Weg ins Waisenhaus. Er hofft so sehr, seine Nichte endlich zu finden."

Lizzy lächelte und legte ihre Hand auf Antonias. "Das ist wirklich aufregend, Antonia. Ich bin so froh, dass Gregor all diese Fortschritte gemacht hat. Bitte richte ihm aus, dass wir ihm alle die Daumen drücken und hoffen, dass er seine Nichte bald in die Arme schließen kann."

"Natürlich, Lizzy. Ich werde ihm deine Wünsche ausrichten. Wir können nur hoffen, dass er seine Nichte endlich finden wird und dass die Familie vereint werden kann."

Gregor kehrte aus Frankreich zurück und begrüßte Antonia mit einer leidenschaftlichen Umarmung, dann drückte er Lizzys Hand und küsste sie freundschaftlich auf die Wange.

Gregor hatte Lizzy bisher nicht näher kennengelernt. Ein herzliches Lächeln erschien auf seinem Gesicht, als er sie begrüßte.

"Lizzy, es ist großartig, dich wieder zu treffen. Antonia hat immer von dir erzählt. Es fühlt sich an, als würde ich dich schon eine Ewigkeit kennen."

Lizzy erwiderte das Lächeln. "Und Antonia hat mir nur Gutes über dich erzählt. Es ist immer schön, wenn man die Menschen, die unseren Freunden so wichtig sind, persönlich treffen kann."

Lena und Lukas stürmten herein, um ihren Vater zu begrüßen. Der packte seine Reisetasche aus und überreichte ihnen Geschenke aus Frankreich. Lizzy ging mit den Kindern in die Küche, um ihnen ein Abendbrot herzurichten. Als die Kinder dann am Esstisch saßen, setzten sich Antonia, Lizzy und Gregor entspannt in die Sofaecke und plauderten. Und schließlich schilderte Gregor die Details seiner Unterhaltung mit der Leiterin des Waisenhauses.

"Es war eine emotionale Erfahrung", begann Gregor. "Ich traf die Leiterin des Waisenhauses und versuchte, ihr mein Anliegen zu erklären. Ich sagte ihr, dass ich die leibliche Familie meiner Nichte bin und sie verzweifelt suche. Aber sie machte deutlich, dass sie aus rechtlichen Gründen keine Informationen weitergeben kann."

Antonia legte ihre Hand auf Gregors Arm und drückte leicht. "Das tut mir leid, Gregor. Ich kann mir vorstellen, wie frustrierend das sein muss."

Gregor nickte und setzte seine Erzählung fort: "Ich versuchte mein Bestes, um die Leiterin zu überzeugen. Ich erklärte ihr, wie sehr ich meine Nichte finden möchte und wie wichtig es ist, dass sie ihre leibliche Familie kennenlernt. Nach einer Weile gab sie nach und sagte, dass sie sich an den Fall erinnert."

Lizzy horchte auf und fragte gespannt: "Und was hat sie gesagt? Gibt es irgendeine Spur?"

Gregor antwortete: "Sie konnte mir nur sehr begrenzte Informationen geben. Vor 25 Jahren wurde meine Nichte von einem deutschen Paar aus Frankfurt adoptiert. Das ist alles, was sie mir sagen durfte. Es ist enttäuschend, dass ich nicht mehr erfahren konnte. Aber das ist zumindest ein Anhaltspunkt. Ich werde mit Herrn Fuchs sprechen, ob er mit dieser Information weiterkommt."

Antonia bewunderte Gregors Entschlossenheit und ergriff erneut seine Hand. "Ich bin stolz auf dich, Gregor. Du gibst nicht auf, und das ist bewundernswert."

Nach Lizzys Abreise verabredeten sich Antonia und Gregor mit Daniel Fuchs in einem kleinen Café in der Hamburger Innenstadt. Die beiden konnten ihre

Ungeduld kaum unterdrücken, als sie auf Herrn Fuchs warteten. Als er zum vereinbarten Zeitpunkt eintraf, begrüßte Gregor ihn mit einem Händedruck und Antonia lächelte ihn freundlich an.

"Wir haben Neuigkeiten", sagte Gregor. "Wir haben herausgefunden, dass meine Nichte in Frankfurt adoptiert wurde."

"Das ist gut zu hören", erwiderte der Detektiv. "Ich kenne ein paar Beamte in Frankfurt, die mir helfen können, aber ich muss Ihnen sagen, dass es nicht ganz legal sein wird."

"Was müssen wir tun?", fragte Antonia besorgt.

"Ich werde diese mit mir befreundeten Beamten kontaktieren und sehen, was ich herausfinden kann", antwortete der Detektiv. "Aber ich muss Ihnen sagen, dass es Zeit braucht und es nicht garantiert ist, dass wir Erfolg haben werden."

"Wir verstehen das", sagte Gregor. "Wir sind bereit, alles zu tun, um meine Nichte zu finden."

"Das ist gut zu hören", sagte der Detektiv. "Ich werde mein Bestes geben und mich bald wieder bei Ihnen melden."

Nachdem sie die Pläne besprochen hatten, verabschiedeten sie sich und der Detektiv verließ das Café. Gregor und Antonia tauschten einen besorgten Blick aus und hofften, dass sie bald gute Neuigkeiten über Gregors Nichte erhalten würden.

Kapitel 44
Das Kennenlernen

Die Tage vergingen mit ungeduldigem Warten, bis schließlich Gregor Antonia anrief, er war im Büro in Hamburg und berichtete, dass Herr Fuchs gerade angerufen hatte: "Antonia, du wirst es nicht glauben", begann Gregor. "Der Detektiv hat tatsächlich die Adoptionsakte meiner Nichte gefunden und den Namen der Adoptiveltern herausgefunden."
"Das ist großartig, Gregor! Das bedeutet, dass wir endlich einen konkreten Anhaltspunkt haben, um deine Nichte zu finden."
Gregor nickte aufgeregt. "Mehr als das. Herr Fuchs ist nach Frankfurt gereist und hat die junge Frau tatsächlich gefunden. Er hat sie sogar persönlich getroffen."
Antonia konnte die Freude in Gregors Stimme hören und drückte seine Hand fester. "Erzähl mir alles, Gregor. Wie hat die junge Frau reagiert? Was hat der Detektiv ihr gesagt?"
Gregor atmete tief durch und begann, die Details mit Antonia zu teilen. "Nun, zuerst war sie natürlich skeptisch und misstrauisch. Aber der Detektiv konnte ihr mit einigen Informationen aus ihrer Vergangenheit beweisen, dass er die Wahrheit spricht. Er erzählte ihr von ihrer leiblichen Familie, von mir und auch von dir. Sie war überwältigt von den neuen Informationen."
Antonia lächelte und strich sanft über Gregors Hand.

"Es muss ein unglaublicher Moment für sie gewesen sein. Endlich zu erfahren, dass du sie so sehr gesucht hast."

"Ja, genau", sagte Gregor, „sie war sehr überrascht, aber auch neugierig. Sie wusste, dass sie adoptiert worden war. Das finde ich gut, dass ihre Adoptiveltern ihr das nicht verschwiegen haben. Nun wollte sie mehr über ihre Familie erfahren, über die Gründe für die Adoption und über ihre Vergangenheit."

"Das ist wunderbar, Gregor. Ich bin so glücklich für dich und für deine Nichte. Endlich habt ihr eine Chance, euch kennenzulernen und eine Verbindung aufzubauen. Du wirst ein wundervoller Onkel sein."

„Willst du gar nicht wissen, wie sie heißt?

„Oh, doch, natürlich. Sag schon!"

„Elena", sagte Gregor.

Was für ein wunderschöner Name, dachte Antonia glücklich, dann sagte sie erstaunt: „Das hört sich ja an wie Lena. Ist Lena eine Abkürzung für Elena?"

„Nein, aber ich habe auch daran gedacht, als ich ihren Namen erfahren habe."

Gregor und Antonia hatten sich entschieden, gemeinsam nach Frankfurt zu fahren, um Elena kennenzulernen. Gitta Petersen passte währenddessen auf Lena und Lukas auf.

Gregor und Antonia saßen im Speisewagen des Zuges und bestellten sich etwas zu trinken.

Gregor schenkte Wein ein, nachdem der Kellner eine

kleine Flasche und zwei Gläser an den Tisch gebracht hatte. "Ich bin so aufgeregt, Elena endlich kennenzulernen. Ich frage mich, was sie wohl von uns denkt."

Antonia meinte hoffnungsvoll. "Ich denke, sie wird sich freuen, ihre Familie kennenzulernen. Aber denk dran, Gregor, sei vorsichtig mit deinen Erwartungen. Elena hat ein eigenes Leben und ihre eigenen Vorstellungen davon, was Familie bedeutet."

"Ja, ich weiß. Aber ich kann nicht anders, als mir vorzustellen, wie es sein wird, sie in die Arme zu schließen und sie als meine Nichte zu begrüßen."

"Ich verstehe das. Aber versuch nicht, sie zu überfordern. Lass sie auf uns zukommen."

Gregor nickte zustimmend und trank einen Schluck von seinem Wein.

"Und wie geht es dir eigentlich, Antonia? Ich habe in letzter Zeit so viel um die Ohren gehabt, dass ich gar nicht dazu gekommen bin, dich zu fragen."

Antonia lächelte. "Ich genieße die Zeit mit dir, diese Reise und die Zukunft, die wir vor uns haben."

Gregor und Antonia hatten eine romantische Nacht in einem entzückenden kleinen Boutique-Hotel in Frankfurt verbracht. Als der Morgen anbrach, waren sie gleichermaßen nervös und voller Erwartungen. Sie gingen in den Frühstücksraum des Hotels und aßen eine Kleinigkeit, um ihre Nerven zu beruhigen und sich für den bevorstehenden Tag zu stärken. Sie waren voller Nervosität und auch Vorfreude auf das

Als sie das Hotel verließen, spürten sie die aufregende Atmosphäre der Stadt um sich herum. Die Sonne strahlte vom blauen Himmel und ließ die Straßen und Gebäude in einem warmen Licht erstrahlen. Gregor und Antonia machten sich auf den Weg zum vereinbarten Treffpunkt, einem kleinen Café in der Nähe des Stadtzentrums.

Als sie das Café betraten, fiel Gregor sofort eine junge Frau auf, die an einem Tisch saß und nervös in ihrem Kaffee rührte. Ihr Blick war auf den Eingang gerichtet, und als sie Gregor und Antonia erblickte, stand sie auf und kam ihnen entgegen.

"Elena?", fragte Gregor vorsichtig, während sein Herz vor Aufregung schneller schlug. "Bist du Elena?"

Die junge Frau nickte und lächelte schüchtern. "Ja, das bin ich. Und du bist Gregor, richtig? Mein Onkel?"

Gregor nickte freudig und öffnete seine Arme, um Elena in eine herzliche Umarmung zu schließen. "Ja, Elena. Endlich haben wir uns gefunden. Es ist so wunderbar, dich kennenzulernen."

Elena erwiderte die Umarmung mit einem leichten Zittern in ihren Armen. Die Emotionen überwältigten sie, als sie realisierte, dass sie wirklich Teil einer Familie war, die sie nie gekannt hatte. Sie ließ die Tränen der Freude und des Glücks fließen.

Antonia trat näher und lächelte Elena warmherzig an. "Ich bin Antonia, Gregors Freundin. Willkommen in unserer Familie, Elena. Es ist eine Ehre, dich kennenzulernen. Wir freuen uns darauf, dich näher kennenzulernen und Zeit miteinander zu verbringen."

Elena wischte sich die Tränen aus den Augen und lächelte zurück. "Danke, Antonia. Ich bin auch sehr glücklich, euch beide zu treffen. Herr Fuchs hat mir so viel von euch erzählt und wie lieb ihr euch habt und dass ihr euch auf die Suche nach mir gemacht habt. Ich kann es kaum erwarten, mehr über meine Wurzeln und meine Familie zu erfahren."

„Und wie geht es dir denn, mit dieser überraschenden Entdeckung, mit der du konfrontiert wurdest?", fragte Antonia einfühlsam.

Elena zögerte, sagte dann lächelnd: „Es ist schon seltsam, plötzlich herauszufinden, dass man eine andere Familie hat. Es ist ein bisschen überwältigend, aber ich denke, es wird gut ausgehen. Ich freue mich darauf, mehr über euch und meine biologische Familie zu erfahren."

Die drei setzten sich an einen Tisch im Café und begannen, sich gegenseitig Fragen zu stellen, Geschichten zu erzählen und die verlorene Zeit aufzuholen. Die Atmosphäre war von Wärme und Liebe erfüllt, während sie sich langsam näherkamen und die Bindung zwischen ihnen stärker wurde.

Gregor fragte: "Was für eine Arbeit machst du eigentlich, Elena?"

Elena lächelte und antwortete: "Ich arbeite als Sekretärin in der Abteilung für Steuerrecht in einer Anwaltskanzlei. Es ist eine anspruchsvolle Arbeit, aber ich mag sie sehr. Ich arbeite oft mit den Anwälten zusammen, um Mandantenakten zu bearbeiten und Termine zu vereinbaren."

Antonia zeigte Interesse und fragte: "Wie bist du in diesen Beruf gekommen? Hast du studiert?"

Elena schüttelte den Kopf: "Nein, ich habe nicht studiert. Aber ich habe mich als Rechtsanwaltsfachangestellte ausgebildet und danach viele Erfahrungen in verschiedenen Kanzleien gesammelt. Die Arbeit in meiner jetzigen Anwaltsfirma ist sehr interessant und es gibt immer etwas Neues zu lernen."

Gregor sagte: "Das ist ja interessant, ich arbeite auch im Steuerrecht. Ich weiß, dass es da viele Herausforderungen in diesem Job gibt. Das erfordert Disziplin und Organisation"

Elena lachte: "Ja, das stimmt. Es erfordert viel Disziplin und Organisation, aber ich denke, dass ich ganz gut darin bin. Und ich genieße es, Teil eines solch wichtigen Teams zu sein."

Antonia lächelte und sagte: "Ich denke, das ist eine großartige Arbeit, Elena. Ich könnte mir vorstellen, dass es sehr befriedigend ist, ein Teil der Lösung rechtlicher Probleme zu sein."

Elena nickte: "Ja, das stimmt. Es ist eine sehr erfüllende Arbeit. Und es ist auch eine Karriere, die ich mir für die Zukunft vorstellen könnte."

Die drei unterhielten sich noch eine Weile über Elenas Arbeit und ihre Zukunftsperspektiven, bevor sie das Café verließen und sich gerade voneinander verabschieden wollten, als Elena sagte: „Wollt ihr mich noch ins Büro begleiten? Nur ganz kurz, ich möchte euch nur zeigen, wo ich arbeite."

„Oh, das ist wirklich nett von dir, sehr gerne", sagte Gregor und auch Antonia war hocherfreut.

Gregor und Antonia begleiteten Elena zu ihrem Arbeitsplatz in der Anwaltskanzlei. Die eleganten Räumlichkeiten waren mit Bücherregalen gefüllt, und das leise Summen von Aktivitäten füllte die Luft. Elena führte ihre Gäste stolz durch die verschiedenen Büros und zeigte ihnen die geschäftige Atmosphäre, in der Anwälte und ihre Mitarbeiter ihre juristische Arbeit verrichteten.

Schließlich erreichten sie das Büro von Elenas Chef. Die Tür stand angelehnt, und Elena klopfte höflich an. Ein älterer Herr mit grauem Haar und einer ernsten Miene blickte von seinem Schreibtisch auf und lächelte, als er Elena sah.

"Elena, bitte kommen Sie herein", sagte der Chef und erhob sich von seinem Schreibtisch. "Wer sind denn Ihre Gäste?"

Gregor trat vor und streckte höflich seine Hand aus. "Guten Tag, ich bin Gregor Petersen, und das ist meine Freundin Antonia. Ich bin Elenas Onkel und wollte sie bei der Arbeit besuchen."

Der Chef schüttelte Gregors Hand und antwortete: "Freut mich, Sie kennenzulernen. Ich bin Heribert Schmidt, der Besitzer dieser Kanzlei. Wir haben mit Elena eine sehr engagierte Mitarbeiterin."

Antonia trat ebenfalls vor und reichte Herrn Schmidt

die Hand. "Es ist uns eine Freude, Sie kennenzulernen, Herr Schmidt. Elena hat uns von ihrer Arbeit und der Bedeutung dieser Kanzlei erzählt."

Herr Schmidt lächelte. "Vielen Dank für Ihre netten Worte. Elena ist eine wertvolle Mitarbeiterin und eine große Bereicherung für unser Team. Möchten Sie vielleicht einen Kaffee trinken? Ich habe gerade eine halbe Stunde Zeit, bevor mein nächster Termin stattfindet."

„Das ist überaus freundlich von Ihnen, aber wir möchten Sie nicht aufhalten", sagte Gregor.

Antonia sah interessiert, wie Herr Schmidt Gregor musterte. Gregor war wie immer korrekt im Anzug gekleidet, er sah seriös, zuverlässig und professionell aus.

Elena verabschiedete sich, sie sagte, sie hätte leider keine Zeit für einen kleinen Kaffee, sie müsste weiterarbeiten. Der Chef nickte anerkennend zu Elena. Dann, als der Kaffee von einer älteren Sekretärin serviert worden war, lächelte Herr Schmidt Gregor interessiert an. "Und was machen Sie beruflich, Herr Petersen?", fragte er.

"Ich arbeite ebenfalls im Finanzwesen, allerdings in einem kleinen privat geführten Steuerberatungsbüro", antwortete Gregor höflich.

"Ah, das ist ja interessant", meinte der Chef und lehnte sich etwas zurück.

Gregor und Herr Schmidt unterhielten sich eine Weile über das Finanzwesen. Antonia sah, dass Herr

Schmidt von den klugen Worten und professionellen Ansichten Gregors beeindruckt war.

"Vielleicht könnte ich Ihnen ja eine interessante Stelle bei uns in der Kanzlei anbieten. Wir suchen gerade nach einem neuen Steuerberater. Einer unserer Mitarbeiter geht in Pension und wir suchen einen jungen und dynamischen Nachfolger."

Gregor war überrascht. "Das klingt verlockend. Aber ich bin eigentlich sehr zufrieden mit meinem derzeitigen Job."

"Natürlich, ich verstehe", sagte der Chef. "Aber wenn Sie jemals eine Veränderung suchen sollten, denken Sie an uns. Wir wären froh, Sie als Teil unseres Teams zu haben."

Als die halbe Stunde vorbei war, verabschiedeten sich Antonia und Gregor, sahen noch kurz bei Elena vorbei, die konzentriert telefonierte und sich Notizen machte. Sie warteten, bis Elena ihr Telefonat beendet hatte, dann verabschiedeten sie sich voneinander und sicherten sich zu, dass sie sich so bald wie möglich wieder sehen würden, vor allem auch, um Lena und Lukas mit Elena bekannt zu machen.

Auf dem Weg zum Bahnhof hielten sie bei einem kleinen Café an, bestellten eine kleine Flasche Sekt und stießen auf die erfolgreichen zwei Tage in Frankfurt an.

Im Zug nach Hause ließen Gregor und Antonia die Ereignisse der letzten Tage Revue passieren. Die Gemüter waren noch immer erfüllt von Freude und

Aufregung über die Begegnung mit Elena.

Gregor lehnte sich im Zugabteil zurück und schaute aus dem Fenster. "Es ist immer noch kaum zu glauben, dass wir Elena gefunden haben", sagte er nachdenklich. "Die Suche war nicht einfach, aber es hat sich so sehr gelohnt."

Antonia lächelte und nickte zustimmend. "Ja, es war ein langer Weg, und es ist wirklich ein wahres Wunder, dass wir sie gefunden haben. Elena scheint eine wunderbare junge Frau zu sein."

Gregor stimmte zu. "Ja, das ist sie wirklich. Es war so erfüllend, mit ihr zu sprechen und mehr über sie zu erfahren. Es ist unglaublich, wie sich unsere Familie wieder zusammenfindet."

Antonia legte ihre Hand auf Gregors Arm und drückte sie sanft. "Du hast so hart dafür gekämpft, Gregor. Du hast niemals aufgegeben und bist bis zum Ende gegangen, um deine Nichte zu finden. Das ist bewundernswert."

Gregor lächelte dankbar. "Danke, Antonia. Es war nicht immer einfach, aber ich wusste, dass ich es tun musste. Familie ist wichtig, und ich wollte Elena die Möglichkeit geben, ihre Wurzeln kennenzulernen."

Die beiden verloren sich einen Moment in Gedanken, während der Zug sich weiter durch die Landschaft bewegte. Schließlich brach Antonia das Schweigen.

"Und was wirst du jetzt tun, Gregor? Willst du den Kontakt zu Elena weiter ausbauen?"

Gregor nickte entschlossen. "Ja, auf jeden Fall. Ich möchte sie kennenlernen und ihr die Möglichkeit geben, auch den Rest der Familie kennenzulernen, ich bin sicher, dass Lena und Lukas glücklich sein werden, sie kennenzulernen."

Antonia lächelte warm. "Das ist wunderbar, Gregor. Familie bedeutet so viel."

Antonia sah Gregor mit einem vorsichtigen Lächeln an. "Und dass Elenas Chef dir einen Job als Steuerberater angeboten hat ... was sagst du dazu?"

Gregor nickte nachdenklich. "Ja, das ist wirklich überraschend. Ich habe viele Einblicke in die komplizierte Sachlage im Steuerrecht ... ich arbeite jetzt in diesem kleinen Steuerberatungsbüro ... und in einer so großen Firma in Frankfurt zu arbeiten ... das wäre eine neue Herausforderung."

Antonia ergriff Gregors Hand und drückte sie fest. "Du hast so viel Leidenschaft für Zahlen und Finanzen. Ich glaube fest daran, dass du deine Fähigkeiten weiterentwickeln und neue Wege einschlagen kannst."

"Ich bin eigentlich zufrieden mit meiner Arbeit", meinte Gregor, „aber andererseits könnte es ein Neuanfang für uns beide sein, nach Frankfurt zu ziehen. Ich meine, nachdem ich mein Elternhaus jetzt verkaufen kann, könnte ich auch eine berufliche Veränderung machen."

„Aber möchtest du wirklich in einer Anwaltskanzlei arbeiten? Du hast doch gesagt, dass du dich in deinem aktuellen Job wohl fühlst."

"Das stimmt schon. Aber andererseits könnte ich dort auch neue Erfahrungen sammeln und mich weiterbilden. Es ist definitiv eine Verlockung, dieses Jobangebot anzunehmen. Es würde bedeuten, dass wir in der Nähe von Elena sein könnten und gleichzeitig meine berufliche Karriere vorantreiben könnte."

Antonia nickte zustimmend. "Es wäre eine Win-Win-Situation. Du könntest näher bei Elena sein und gleichzeitig in deinem Beruf wachsen. Aber letztendlich liegt die Entscheidung bei dir, Gregor. Höre auf dein Bauchgefühl und denke auch darüber nach, wie dieser Job deine langfristigen Ziele und Wünsche beeinflussen könnte."

Gregor nickte und blickte aus dem Fenster. "Ja, das stimmt. Ich werde sorgfältig darüber nachdenken und abwägen, was für mich und unsere Zukunft am besten ist. Es ist eine aufregende Möglichkeit, aber auch eine wichtige Entscheidung. Schließlich müssten die Kinder in eine neue Schule beziehungsweise in einen neuen Kindergarten gehen. Das müssen wir alles bedenken, was ein derartiger Wechsel für sie bedeuten würde."

Kapitel 45
Illegale Verwicklungen

Am nächsten Tag fuhr Gregor wieder in sein Büro nach Hamburg arbeiten. Antonia begleitete die Kinder in den Kindergarten und in die Schule, auf dem Rückweg kaufte sie in dem kleinen Tante-Emma-Laden, den sie lieber besuchte als den Supermarkt, Zutaten fürs Mittagessen. Zuhause ging sie in die Küche, um ihre Einkäufe in den Kühlschrank zu geben. Da erreichte sie ein Anruf von Gregor: "Antonia, ich komme nach Hause", sagte er mit ernster Stimme. "Es ist etwas passiert, etwas Ernstes. Wir müssen dringend miteinander reden."
Antonia spürte die Ernsthaftigkeit in Gregors Stimme und wurde sofort besorgt. "Was ist los, Gregor? Ist etwas Schlimmes passiert?" fragte sie unruhig.
Gregor atmete tief ein und antwortete: "Ja, aber ich möchte es dir persönlich erzählen. Ich bin in einer knappen Stunde zuhause."
„Bist du gesund? Ist mit dir alles in Ordnung?", fragte sie bestürzt.
„Ja, mit mir ist alles in Ordnung, es ist etwas … ach, ich erzähle es dir zuhause, mach dir keine Sorgen, ich bin okay."
„Gut, bis gleich", sagte sie, erleichtert, dass es Gregor gut ging. Was könnte da nur vorgefallen sein, fragte sie sich.
Sie setzte Kaffee auf und ging unruhig im Haus hin und her, räumte auf, wartete auf Gregor.

Als er schließlich kam, setzten sie sich in der Küche in die kleine gemütliche Essecke, von der aus man einen schönen Blick in den Garten hatte. Gregor begann zu erzählen: Das kleine Steuerberatungsbüro in dem er seit Jahren tätig war, gefiel ihm gut, er verstand sich gut mit seinem Kollegen, lediglich der Besitzer erschien Gregor manchmal nicht zuverlässig, als ob er Geschäften nachging, die nicht ganz legal waren. Bisher war Gregor jedoch nie in derartige Fälle verwickelt gewesen, er hatte stets redlich und legal gearbeitet. An diesem Tag jedoch hatte er mit einem Fall zu tun, der ihn heftig beunruhigte. Er saß an seinem Schreibtisch und blätterte zum wiederholten Male die Akten durch, die ihm sein Chef bereit gelegt hatte. Da stimmte etwas nicht. Er arbeitete sich nochmals durch den Akt, rechnete hin und her und entdeckte schließlich, dass sein Chef sich auf einen Deal eingelassen hatte, der schlicht und einfach Steuerbetrug war. Die Erkenntnis traf Gregor wie ein Schock, und er fühlte sich zutiefst enttäuscht und betrogen.

In diesem Moment wurde ihm klar, dass er nicht länger für jemanden arbeiten konnte, der kriminelle Handlungen begangen hatte. Es ging gegen seine moralischen Grundsätze und seine Integrität. Er wusste, dass er sich von seinem Chef und dieser Arbeitsstelle distanzieren musste.

Die Entscheidung, den Job in Frankfurt anzunehmen, wurde für Gregor nun viel einfacher. Es war eine Gelegenheit, einen Neuanfang zu machen und seine berufliche Karriere auf eine ehrliche und ethische Basis zu stellen. Er konnte seine Fähigkeiten und sein Wissen nutzen, um Menschen auf legale Weise zu unterstützen und ihnen bei ihren steuerlichen Angelegenheiten zu helfen.

„Ich wollte es dir einfach sofort sagen. Ja, das ist vielleicht eine sehr schnelle Entwicklung der Dinge, aber gute Jobs zu bekommen, ist heutzutage nicht einfach. Und von der Kanzlei, in der Elena arbeitet, habe ich einen sehr guten Eindruck", sagte Gregor und erzählte dann weiter: „Ich hatte gestern in der Nacht, als du schon schlafen gegangen warst, in meinem Arbeitszimmer noch Informationen über die Frankfurter Kanzlei im Internet gesucht, sie hat beste Referenzen und hochkarätige Kunden."

„Das hört sich vielversprechend an, was für ein Glück, dass sich alles so fügt", sagte Antonia. Sie war beglückt, dass Gregor die Enttäuschung über seine bisherige Arbeit so gut überwunden hatte und vor allem, dass er Zukunftsperspektiven hatte, die ihn weiterbringen werden.

Gregor fuhr am Nachmittag noch einmal ins Steuerberatungsbüro, um abschließende Dinge zu regeln. Er wollte sich von seinem Kollegen, mit dem er jahrelang zusammengearbeitet hatte, persönlich verabschieden und seinem Chef seine Kündigung überreichen.

Als er das Büro betrat, spürte er eine gewisse Anspannung in der Luft. Sein Kollege, Peter, sah ihn überrascht an. "Gregor, was ist passiert?" fragte er.

Gregor räusperte sich und erklärte ruhig: "Ja, Peter, es ist etwas passiert. Ich habe entdeckt, dass unser Chef in steuerrechtliche Angelegenheiten verwickelt ist, die illegal sind und mit denen ich mich nicht einverstanden erklären kann. Ich kann unter solchen Umständen nicht länger hier arbeiten."

Peter starrte ihn fassungslos an. "Das ist ... das ist unglaublich. Ich hatte keine Ahnung."

Gregor fügte hinzu: "Ich möchte mich bei dir für die gute Zusammenarbeit bedanken, Peter. Du warst immer ein zuverlässiger Kollege, und ich werde unsere gemeinsame Zeit hier in guter Erinnerung behalten."

Peter streckte Gregor die Hand entgegen. "Danke, Gregor. Auch ich schätze unsere Zusammenarbeit. Wenn du jemals Unterstützung brauchst, zögere nicht, mich zu kontaktieren." Dann bedankte sich Peter noch für die vertrauliche Information, die Gregor ihm über dessen Entdeckung eines massiven Steuerbetrugs gegeben hatte: „Ich werde mir das genau ansehen. Ich bewundere deinen Mut, dass du kündigen wirst. Ich mache hier ja nur Administration, mit den Steuerangelegenheiten hatte ich ja nie zu tun."

Nachdem er sich von seinem Kollegen verabschiedet hatte, betrat Gregor das Büro seines Chefs. Der Chef saß an seinem Schreibtisch und schien überrascht von Gregors plötzlichem Erscheinen. "Was wollen Sie, Herr Petersen?" fragte er nicht gerade freundlich.

Gregor reichte ihm ruhig seine Kündigung. "Ich habe soeben entdeckt, dass Sie in Steuerbetrug verwickelt sind. Ich kann nicht für jemanden arbeiten, der kriminelle Handlungen begeht. Hier ist meine Kündigung. Ich weiß nicht, wie Sie weiter vorgehen werden, ich halte mich an meine Verschwiegenheitserklärung."

Der Chef sah wütend aus, aber ergriff die Kündigung und schrie Gregor an: "Das werden Sie bereuen, Sie werden nie wieder einen so guten Job finden!"

Gregor ließ sich von den Drohungen nicht beeindrucken. Mit einem festen Blick antwortete er: "Ich bin überzeugt, dass ich die richtige Entscheidung getroffen habe. Ein Job kann ersetzt werden, aber meine Integrität und moralischen Werte nicht."

Sein Chef starrte ihn an, sagte dann: „Sie können nicht einfach gehen, es gibt unerledigte Fälle, die Sie noch beenden müssen."

Gregor knallte ihm die Akte auf den Tisch, die die betrügerischen Unterlagen enthielt: „Ich denke nicht daran, mich auch nur eine Minute länger mit diesem Fall und Ihren Taten zu beschäftigen."

Gregor drehte sich ohne ein weiteres Wort um und verließ das Büro endgültig. Die Last, die auf seinen Schultern gelegen hatte, begann langsam zu schwinden.

Als er zu Hause in Mittelnkirchen ankam, war Antonia bereits gespannt auf seine Rückkehr. Sie setzten sich gemeinsam in ihr gemütliches Wohnzimmer und Gregor erzählte ihr von dem

Gespräch mit seinem Chef.

Antonia hörte aufmerksam zu und legte beruhigend ihre Hand auf Gregors. "Ich bin stolz auf dich, Gregor", sagte sie leise. "Es war mutig, deine moralischen Grundsätze über den Job zu stellen. Und es war gut."

Am Abend dieses ereignisreichen Tages saß Antonia mit Gregor auf der Terrasse, besah sich den friedlichen Garten und hörte durch die geöffnete Tür, wie sich Lena und Lukas ein Kinderprogramm im Fernsehen ansahen. Antonia und Gregor sprachen über die bevorstehende Veränderung in ihrem Leben. Sie hatten beschlossen, nach Frankfurt zu ziehen, um dort eine neue berufliche und familiäre Zukunft aufzubauen. Doch obwohl Antonia sich auf die neue Herausforderung freute, kamen auch Zweifel und Fragen auf.

"Wo werden wir in Frankfurt wohnen?", fragte Antonia nachdenklich. "Es ist wichtig, eine Wohnung zu finden, die sowohl für uns als auch für Lena und Lukas geeignet ist. Sie sollte in der Nähe zur Schule und zum Kindergarten sein."

Gregor nickte zustimmend und antwortete: "Wir müssen uns um die Wohnungssuche kümmern und uns informieren, welche Viertel gut für Familien sind. Vielleicht sollten wir auch eine Immobilienagentur kontaktieren, um uns bei der Suche zu unterstützen."

Antonia stimmte zu und fuhr fort: "Und wie werden

die Kinder auf den Umzug reagieren? Sie sind an ihr jetziges Zuhause und ihre Freunde hier gewöhnt. Es wird sicherlich eine große Veränderung für sie sein."

Gregor legte beruhigend seine Hand auf Antonias und sagte: "Ich denke, wir können ihnen helfen, sich auf die positiven Aspekte des Umzugs zu konzentrieren. Wir können ihnen zeigen, dass sie in Frankfurt neue Freunde finden und spannende Möglichkeiten haben werden. Vielleicht können wir ihnen auch die Stadt vor dem Umzug einmal zeigen, um ihnen die Vorfreude zu steigern."

Antonia lächelte und sagte: "Ja, das klingt nach einem guten Plan. Wir werden ihnen zeigen, dass diese Veränderung auch aufregend sein kann. Wir können als Familie zusammenhalten und uns gegenseitig unterstützen."

Die beiden begannen, eine Liste mit den wichtigsten Aufgaben zu erstellen, die sie vor dem Umzug erledigen mussten. Sie machten sich Notizen über die Wohnungssuche, die Organisation des Umzugs und die Schritte, die sie unternehmen konnten, um den Kindern die Veränderung zu erleichtern.

Die folgenden Wochen waren voller Unruhe und Planungen. Gregor war mehrmals nach Frankfurt gefahren, um mit Herrn Schmidt, seinem zukünftigen Chef in der Anwaltskanzlei zu sprechen, schließlich einigten sie sich auf ein gutes Gehalt und Gregor unterschrieb seinen neuen Arbeitsvertrag.

Frau Petersen kümmerte sich um Lena und Lukas,

während Antonia und Gregor nach Frankfurt fuhren, um sich um eine passende neue Wohnmöglichkeit umzusehen. Elena hatte ihnen einen Makler empfohlen, der ihnen mehrere große Wohnungen im Zentrum von Frankfurt gezeigt hatte. Aber Antonia und Gregor wussten, dass es ein Haus sein müsste, denn beide wollten im Grünen leben, vor allem auch wegen der Kinder.

Kapitel 46
Geburtstagsparty für Lena und Lukas

Der Sommer neigte sich langsam dem Ende zu. Und Antonia plante mit Gregor die Geburtstagsparty für Lena und Lukas. Die beiden Kinder hatten in demselben Monat Geburtstag, mit zwei Jahren Unterschied. Sie hatten stets gemeinsam gefeiert und Antonia wollte diese Tradition weiterführen. Sorgfältig machten Gregor und Antonia Notizen mit Aktivitäten. Sie hofften, dass das Wetter mitspielen würde und die Feier im Garten stattfinden konnte. Sie machten eine Liste mit Kindern, die eingeladen werden sollten.

Und dann kam der große Tag, auf den Lena und Lukas mit Spannung gewartet hatten. Die warme Spätsommersonne strahlte an diesem Tag schon in der Früh, als Antonia und Gregor sich darauf vorbereiteten, die Geburtstagsparty von Lena und Lukas auszurichten. Der Garten wurde mit bunten Ballons und Luftschlangen geschmückt, während ein Hauch von frisch gebackenem Kuchen und Leckereien durch die Luft zog.

Gitta, Lizzy und Elena waren schon da, als am frühen Nachmittag die anderen Gäste eintrafen, Eltern mit ihren Kindern, Schulfreundinnen von Lena und Kindergartenfreunde von Lukas. Das Gelächter der Kinder erfüllte die Luft. Antonia und Gregor hatten eine Vielzahl von Aktivitäten vorbereitet, um sicherzustellen, dass es ein unvergesslicher Tag werden würde: Eine bunte Hüpfburg stand stolz im

Garten und die Kinder sprangen fröhlich und voller Begeisterung darauf herum. Es gab ein kleines Karussell, auf dem die Kinder herum fuhren, während Kinderlieder aus Lautsprechern angenehm in den Ohren klangen. Gesichtsmalerinnen zauberten wunderschöne Motive auf die Gesichter der Kinder, während andere sich in einer Ecke des Gartens versammelten, um an einer aufregenden Schatzsuche teilzunehmen. Ein Tisch war mit Köstlichkeiten gedeckt: Cupcakes, Schokoladenkeks-Pyramiden und frische Früchte, die verlockend auf die kleinen Gäste warteten. Die Kinder strömten herbei und füllten ihre Teller mit den süßen Versuchungen.

Lena und Lukas wurden von ihren Freunden umringt, die ihnen herzliche Glückwünsche überbrachten und ihnen kleine Geschenke überreichten. Ihre Augen leuchteten vor Freude, als sie die liebevoll ausgewählten Präsente entgegennahmen.

Antonia und Gregor schauten glücklich auf die Kinder und die strahlenden Gesichter der Gäste. Es war ein Moment des Stolzes und der Dankbarkeit, dass sie eine solch glückliche und liebevolle Familie hatten.

Später am Nachmittag versammelten sich alle um den Geburtstagstisch, der mit brennenden Kerzen geschmückt war. Lena und Lukas bliesen gemeinsam die Kerzen aus und alle sangen fröhlich "Happy Birthday". Ein lauter Applaus und Jubel erfüllte die Luft, als die Kinder ihre Geburtstagstorte anschneiden durften.

Der Tag verging wie im Flug, gefüllt mit Lachen, Spielen und wertvollen Erinnerungen. Die Gäste verabschiedeten sich nach und nach, mit strahlenden Augen und vollen Herzen.

Als die Sonne langsam unterging und der Tag zu Ende ging, blieben Antonia und Gregor, Gitta, Lizzy und Elena mit Lena und Lukas zurück, um den Zauber dieses besonderen Tages noch ein wenig länger zu genießen. Sie saßen im Garten, umarmten sich eng und teilten das Glück, das sie als Familie empfanden.

Es war eine Geburtstagsparty voller Liebe, Freundschaft und Freude, die Lena und Lukas für immer in ihrem Herzen tragen würden. Und während der Abend hereinbrach, versprach die warme Herbstbrise, dass noch viele solcher wundervollen Momente in ihrem Leben folgen würden.

Kapitel 47
Das neue Haus

Schließlich erhielt Gregor tatsächlich einen Anruf des Maklers, der ihnen ein Haus zeigen wollte.

Gregor und Antonia fuhren mit dem Auto durch die bezaubernde Gegend von Bad Homburg, bis sie endlich an dem Haus ankamen, das zum Verkauf stand. Das Haus war etwas abgelegen und von Bäumen umgeben, was es sehr idyllisch machte. Sie parkten das Auto vor dem Haus und stiegen aus. Das Haus hatte einen weißen Anstrich mit grünen Fensterläden und einer kleinen Veranda, auf der zwei Stühle standen. Antonia und Gregor sahen sich an und waren sofort begeistert.

"Das Haus ist wunderschön", sagte Antonia.

"Ja, es ist wirklich toll. Aber lasst uns erst mal reingehen und schauen, ob es auch von innen so gut ist", antwortete Gregor.

Sie klingelten an der Tür und ein älterer Mann öffnete ihnen. Er stellte sich als der Makler vor und führte sie durch das Haus. Das Haus war geräumig und hatte einen großen Wohnbereich mit einer offenen Küche. Es gab vier Schlafzimmer und zwei Badezimmer, was für Antonia und Gregor perfekt war.

"Das Haus hat so viel Charme", sagte Antonia, als sie das Haus besichtigten. "Ich könnte mir vorstellen, hier zu leben."

"Ich auch", sagte Gregor. "Und das Beste ist, dass es nur 20 Minuten von meiner neuen Arbeitsstelle entfernt ist. Und die Volksschule ist für die Kinder zu Fuß erreichbar. Das ist perfekt."

Sie gingen durch den Garten, der voller Blumen und Bäume war. Es gab sogar einen kleinen Teich. Antonia und Gregor waren sich einig, dass sie das Haus unbedingt kaufen wollten. Sie gingen zurück ins Haus und sprachen mit dem Makler über den Preis.

Nach einigen Verhandlungen einigten sie sich auf einen Preis und unterschrieben den Kaufvertrag. Antonia und Gregor waren glücklich, dass sie endlich das perfekte Haus gefunden hatten. Sie konnten es kaum erwarten, einzuziehen und ihr neues Leben in der idyllischen Umgebung zu beginnen.

Gregor kontaktierte Herrn Meinhard und man einigte sich schnell, dass nun ein Kaufvertrag für Gregors Elternhaus notariell unterzeichnet werden konnte.

Antonia rief Lizzy an, mit der sie immer wieder telefoniert hatte, um sie auf dem neuesten Stand zu halten.

„Hallo Lizzy, wie geht es dir?"

„Hey Antonia, es geht mir gut. Wie geht es dir? Wie gefällt dir Frankfurt?"

„Es gefällt mir sehr gut. Gregor und ich haben heute das perfekte Haus gefunden und werden bald umziehen."

„Das klingt großartig. Wie ist das Haus?"

„Es ist einfach traumhaft. Noch schöner als das

Elternhaus von Gregor. Die Kinder werden es lieben. Ich bin so aufgeregt, es einzurichten. Und ich möchte mir auch ein Atelier einrichten, um zu malen."

„Das hört sich fantastisch an. Ich habe mir schon seit langem gedacht, dass du wieder malen solltest, es war doch deine Leidenschaft, schließlich bist du eine äußerst talentierte Grafikerin."

„Ja, ich habe es in letzter Zeit sehr vernachlässigt. Ich hoffe, ich werde in meinem neuen Zuhause genug Platz haben, um zu malen."

„Das klingt großartig. Ich denke, es ist wichtig, dass du deine eigenen Interessen nicht aufgibst."

„Ja, das stimmt. Ich denke, ich brauche das jetzt mehr denn je, um mich auf die vielen Veränderungen in meinem Leben einzustellen."

„Lass mich wissen, wenn du Hilfe beim Umzug brauchst. Ich werde dir gerne helfen."

„Vielen Dank, Lizzy. Du bist so eine gute Freundin."

Kapitel 48
Die Ankündigung

Antonia und Gregor planten den Zeitpunkt des Umzuges so, dass Lukas den Kindergarten noch in Mittelnkirchen beenden und Lena die erste Klasse der Volksschule abschließen konnte. Das bedeutete, dass nun beide Kinder in die Volksschule gehen würden, Lena in die zweite Klasse, Lukas in die erste. Das würde den beiden Kindern die Umstellung leichter machen, wenn sie gemeinsam in dieselbe Schule in Frankfurt gehen würden.

Antonia und Gregor setzten sich mit Lena und Lukas zusammen. Die Kinder saßen gespannt da und warteten darauf, was sie hören würden.

Antonia lächelte und begann: "Kinder, wir haben eine große Ankündigung zu machen. Ihr wisst ja schon, dass wir nach Frankfurt ziehen werden, aber wir haben noch eine besondere Überraschung für euch."

Gregor nahm das Wort und sagte: "In Frankfurt erwartet uns nicht nur ein neues Zuhause, sondern auch eine neue liebe Tante. Ihr habt sie noch nicht kennengelernt, aber sie ist eine ganz besondere Person."

Die Kinder sahen sich fragend an und Lena fragte: "Wer ist diese neue Tante? Woher kennen wir sie?"

Antonia lächelte und erklärte: "Ihr werdet sie kennenlernen, sobald wir in Frankfurt sind. Sie heißt

Elena, und sie ist eine Nichte von eurem Papa. Sie wird wie eine Tante für euch sein und wir sind sicher, dass ihr sie mögen werdet."

Lukas fragte aufgeregt: "Ist Elena nett? Werden wir viel Spaß mit ihr haben?"

Gregor nickte und sagte: "Ja, Elena ist sehr nett und liebevoll. Sie freut sich schon sehr darauf, euch kennenzulernen. Sie wird euch sicherlich tolle Sachen zeigen und mit euch spielen."

Lena lächelte und sagte: "Das klingt aufregend! Ich freue mich, Elena kennenzulernen und in Frankfurt neue Abenteuer zu erleben."

Gemeinsam sprachen sie über die bevorstehende Veränderung und wie aufregend es sein würde, eine neue Stadt zu entdecken und eine liebevolle Tante an ihrer Seite zu haben.

Am kommenden Wochenende fuhren alle gemeinsam nach Frankfurt. Gregor und Antonia waren voller Vorfreude, als sie Lena und Lukas nach Bad Homburg mitnahmen, um ihnen ihr neues Zuhause zu zeigen. Das Haus strahlte eine einladende Atmosphäre aus.

Als sie die Haustür öffneten, betraten sie den Flur und Antonia erklärte aufgeregt: "Das ist unser neues Zuhause, Kinder! Hier haben wir viel Platz und können gemeinsam glückliche Erinnerungen schaffen."

Sie führten Lena und Lukas durch das Haus, zeigten ihnen die verschiedenen Räume. Zuerst betraten sie das große Wohnzimmer mit der offenen Küche und den großen Türen mit Blick auf den malerischen Garten.

Dann war es an der Zeit, die Zimmer der Kinder zu zeigen. Lena und Lukas strahlten vor Freude, als sie ihre eigenen kleinen Paradiese betraten. Antonia erklärte: "Lena, das ist dein Zimmer. Hier kannst du deine Lieblingsbücher lesen und deine Kunstwerke an die Wand hängen." Lukas bekam sein eigenes Zimmer, das mit seinen Lieblingsspielzeugen und einem bequemen Bett ausgestattet werden würde.

Der Höhepunkt der Hausführung war der Garten mit dem kleinen Teich, der von Blumen und Pflanzen umgeben war. Schließlich standen sie auf der großen Terrasse und Antonia erklärte: "Hier können wir im Sommer grillen, im Schatten der Bäume spielen und uns am Teich entspannen. Es wird unser kleines Paradies im Freien sein."

Lena und Lukas waren begeistert von ihrem neuen Zuhause und konnten es kaum erwarten, einzuziehen und die neuen Abenteuer zu erleben, die sie in Bad Homburg erwarten würden.

Gregor und Antonia lächelten sich an und wussten, dass sie die richtige Entscheidung getroffen hatten. Dieses Haus würde ihr gemeinsamer Rückzugsort sein, ein Ort voller Liebe, Wärme und Geborgenheit, wo sie als Familie wachsen und glücklich sein konnten.

Kapitel 49
Noch ein Umzug

Der Tag des Umzugs war gekommen. Antonia und Gregor hatten in den letzten Wochen ununterbrochen gepackt und organisiert, um sicherzustellen, dass alles reibungslos verlaufen würde. Die Aufregung lag in der Luft, als sie sich darauf vorbereiteten, ihr altes Zuhause in Mittelnkirchen zu verlassen und nach Frankfurt zu ziehen.

Am frühen Morgen trafen die Umzugshelfer ein und begannen damit, die Möbel und Kartons in den Transporter zu laden. Lena und Lukas standen voller Neugier dabei und halfen, so gut sie konnten.

Antonia und Gregor überprüften noch einmal, ob alles gepackt und nichts vergessen wurde. Sie sorgten dafür, dass die wichtigsten Unterlagen und persönlichen Gegenstände sicher verstaut waren. Es war ein emotionaler Moment, Mittelnkirchen hinter sich zu lassen, aber sie waren auch voller Vorfreude auf das, was sie in Frankfurt erwartete.

Als der Transporter beladen war, machte sich die Familie auf den Weg nach Frankfurt. Die Fahrt verlief ruhig und gespannt. Lena und Lukas waren aufgeregt und unterhielten sich angeregt über ihre Erwartungen und Wünsche für ihr neues Zuhause.

Und dann erreichten sie endlich Bad Homburg. Der Umzugswagen parkte vor ihrem neuen Zuhause, die Kinder konnten es kaum erwarten, die Türen zu öffnen und ihr neues Reich zu erkunden.

Mit Hilfe der Umzugshelfer wurden die Möbel und Kartons ins Haus getragen und an ihren Platz gestellt. Antonia und Gregor richteten sich ein, während die Kinder aufgeregt ihre neuen Zimmer betrachteten und erste Ideen hatten, wie sie es gestalten wollten.

Als der größte Teil des Umzugs erledigt war, nahm die Familie eine kurze Pause, um sich zu entspannen und gemeinsam eine kleine Mahlzeit einzunehmen. Sie genossen das Gefühl des Neuanfangs und der Zusammengehörigkeit.

Am Nachmittag klingelte das Telefon und Elena kündigte ihre Ankunft für nächste Woche an. Lena und Lukas schrien vor Begeisterung, als sie erfuhren, dass ihre neue Tante kommen würde.

Elena war sichtlich beeindruckt von der gemütlichen Atmosphäre des Hause. Die Kinder, Lena und Lukas, standen bereits aufgeregt in der Tür und begrüßten Elena mit strahlenden Gesichtern.

Elena lächelte und kniete sich hin, um auf Augenhöhe mit den Kindern zu sein. Die Kinder waren neugierig und stellten viele Fragen. Elena beantwortete geduldig ihre Fragen und erzählte ihnen von ihrer Arbeit und ihren Interessen.

Gemeinsam erkundeten sie das Haus, die Kinder zeigten Elena ihre Zimmer. Lena und Lukas waren begeistert von den bunten Farben und den kleinen Details, die das Zimmer so einladend machten. Antonia hatte die Zimmer mit viel Liebe eingerichtet.

Die Kinder konnten es kaum erwarten, dort Zeit mit Elena zu verbringen.

Nach der Hausbesichtigung setzten sie sich alle zusammen ins Wohnzimmer. Elena erzählte von ihren eigenen Erfahrungen und Erlebnissen und die Kinder hörten gespannt zu. Sie lachten und hatten bereits nach kurzer Zeit das Gefühl, dass Elena ein Teil ihrer Familie war.

Antonia und Gregor beobachteten das Geschehen mit Freude. Sie waren glücklich zu sehen, wie gut sich Elena bereits mit den Kindern verstand. Es war ein wunderbarer Moment, in dem sich ihre Entscheidung, nach Frankfurt zu ziehen, bestätigte.

Nachdem sie einige Zeit zusammen verbracht hatten, beschlossen sie, den Tag mit einem gemeinsamen Spaziergang zu beenden. Sie erkundeten die Umgebung, während die Kinder herumtobten und lachten. Die Bindung zwischen Elena und den Kindern wuchs von Minute zu Minute.

Als sie schließlich nach Hause zurückkehrten, war es klar, dass Elena einen besonderen Platz in den Herzen von Lena und Lukas eingenommen hatte. Sie hatten bereits viele Pläne für die kommenden Tage und Wochen und waren voller Vorfreude auf die Zeit, die sie gemeinsam verbringen würden.

Kapitel 50
Die neue Schule

Im Herbst begann das neue Schuljahr. Antonia und Gregor gingen gemeinsam mit Lena und Lukas zur Schule. Die Kinder standen vor dem Eingangstor der Schule und blickten aufgeregt auf das große, moderne Gebäude. Beide Kinder hatten ganz offensichtlich ein mulmiges Gefühl im Bauch und waren ein bisschen besorgt, dass sie keine neuen Freunde finden würden.

"Was, wenn keiner mit uns spielen will?", fragte Lena unsicher.

Lukas zuckte mit den Schultern. "Das werden sie bestimmt nicht tun. Wir sind doch nett und freundlich!"

Lena nickte zaghaft. "Aber trotzdem, es ist immer schwer, neue Freunde zu finden."

"Wir schaffen das schon", sagte Lukas selbstbewusst und griff nach Lenas Hand. "Wir haben doch immerhin uns!"

Die Geschwister gingen Hand in Hand in die Schule, Lena mit ihrer Schultaschen auf den Schultern, Lukas mit einer riesengroßen Schultüte. Antonia und Gregor gingen mit ihnen. Der erste Schultag dauerte nur zwei Stunden, die erste Stunde wurden die Eltern und Kinder von der Direktorin im Schulsaal begrüßt, dann gingen die Kinder alleine in ihre jeweiligen Klassenzimmer.

Antonia ging mit Gregor auf einen Kaffee in ein nahegelegenes kleines Bistro, bis die Stunde um war, dann kehrten sie zur Schule zurück. Sie warteten ungeduldig auf Lena und Lukas vor der Schule und als sie die beiden Kinder sahen, lächelten sie. "Wie war es?" fragte Antonia, als sie sie umarmte.

Lena und Lukas sahen aufgeregt und glücklich aus, als sie antworteten: "Es war so cool! Wir haben schon neue Freunde gefunden und die Lehrerin ist echt nett."

Antonia war erleichtert und freute sich für die beiden Kinder. "Das klingt toll."

„Wollt ihr mir mehr darüber erzählen?" fragte Gregor, als sie alle gemeinsam ins Auto stiegen.

Während der Fahrt erzählten Lena und Lukas begeistert von ihrem ersten Schultag. Sie erzählten von ihren neuen Klassenkameraden, von der Lehrerin, die ihnen alles gezeigt hatte, und von den vielen neuen Eindrücken, die sie gewonnen hatten.

Antonia und Gregor hörten aufmerksam zu und waren glücklich, dass die beiden Kinder sich so schnell eingelebt hatten. "Das hört sich wirklich gut an. Ich bin so stolz auf euch", sagten Gregor und Antonia wie aus einem Munde, als sie das Auto vor dem Haus parkten.

Antonia war unendlich erleichtert, dass Lena und Lukas sich gut in ihrer neuen Schule eingelebt hatten. Eines Abends fragte Gregor Antonia, wie es den Kindern in der Schule ging: „Ich bin ja jetzt die ersten

Wochen sehr beschäftigt in meinem neuen Job, erzähl mir von Lena und Lukas."

"Sie mögen ihre jeweiligen Lehrerinnen sehr", antwortete Antonia. "Sie erzählen mir immer von den tollen Geschichten, die sie im Unterricht hören und wie viel Spaß sie beim Lernen haben."

"Das ist großartig zu hören", sagte Gregor. "Ich bin so froh, dass sie sich in der neuen Schule wohl fühlen. Aber was ist mit den anderen Kindern? Haben sie schon Freunde gefunden?"

"Ja, sie haben ein paar neue Freunde gefunden", freute sich Antonia, „sie spielen oft zusammen in der Pause und sind auch schon zu ein paar Geburtstagsfeiern eingeladen worden."

"Das freut mich sehr", sagte Gregor. "Es ist wichtig, dass sie sich auch außerhalb der Familie wohl fühlen."

Kapitel 51
Eine Idee wird geboren

Antonia genoss das Alltagsleben in ihrem neuen Zuhause im malerischen Vorort von Frankfurt. Die Umgebung erinnerte sie an das ländliche Leben, das sie in Mittelnkirchen schätzen gelernt hatte. Sie mochte die Ruhe und den grünen Charme und fühlte sich bereits eingelebt. Es gab in der Nähe ein kleines Geschäft, das von einer älteren Frau geführt wurde, die Antonia sofort ins Herz geschlossen hatte. Die Nachbarn waren freundlich und offen, Antonia fühlte sich willkommen.

Doch trotz ihrer Freude über das neue Zuhause und ihre Rolle als Hausfrau und Mutter spürte Antonia auch eine Sehnsucht nach mehr. Sie vermisste eine kreative Tätigkeit, die ihr Inspiration und Erfüllung gab. Das Malen hatte sie immer geliebt, es war ein Ausdruck ihrer inneren Welt und ein Ventil für ihre künstlerische Seite. Schließlich hatte sie Grafik studiert und sich auf eine Karriere als Grafikerin eingestellt. Sie bedauerte nicht, den Job bei Kreativa nicht mehr zu haben, aber dennoch vermisste sie eine kreative Tätigkeit.

Eines Tages beschloss Antonia, diesem Verlangen nachzugehen und wieder mit dem Malen zu beginnen. Sie räumte einen kleinen Raum im Haus frei und machte ihn zu ihrem persönlichen Atelier. Sie stellte Leinwände, Farben und Pinsel bereit und begann, ihre kreative Energie fließen zu lassen.

Es war ein erfüllendes Gefühl, wieder den Pinsel in der Hand zu halten und die Farben auf die Leinwand zu bringen. Antonia ließ ihrer Fantasie freien Lauf und malte mit Leidenschaft und Hingabe. Die Bilder spiegelten ihre Emotionen und ihre inneren Landschaften wider.

Antonia beschloss, Lena und Lukas zum Malen zu bringen, um den Kindern zu zeigen, wie viel Freude kreatives Schaffen bereiten kann. Sie hatte den Tisch in ihrem kleinen Atelier mit Farben, Pinseln und Papier vorbereitet und wartete darauf, dass die beiden Geschwister von der Schule nach Hause kämen. Nach dem Mittagessen ging sie mit den Kindern in ihr Atelier.

Lukas und Lena, waren voller Aufregung und Neugier, als sie die Farben ausprobierten und ihre Pinsel über das Papier führten. Antonia half ihnen dabei, die Farben zu mischen und zeigte ihnen einige einfache Techniken, um ihre Bilder interessanter zu gestalten. Während sie ihnen half, erzählte sie ihnen von ihrer eigenen Leidenschaft für die Malerei und wie viel Freude es ihr bereitete, wenn sie Zeit dafür fand.

Die Kinder lauschten aufmerksam und begannen, ihre eigenen Bilder zu malen. Lukas konzentrierte sich darauf, Tiere und Landschaften zu zeichnen, während Lena abstrakte Formen und Muster ausprobierte. Antonia gab ihnen Hinweise und

Anregungen, wie sie ihre Bilder verbessern könnten, und die Kinder waren begeistert, als sie sahen, wie sich ihre Werke mit jedem Pinselstrich weiterentwickelten.

Antonia selbst malte ebenfalls und zeigte den Kindern, wie sie ihre Emotionen und Gedanken durch ihre Bilder ausdrücken konnte. Sie erzählte ihnen von den verschiedenen Techniken, die sie verwendete, um Stimmungen zu erzeugen und Geschichten zu erzählen. Die Kinder hörten ihr gespannt zu und versuchten, ihre eigenen Bilder mit mehr Tiefe und Ausdruckskraft zu gestalten.

Nach einigen Stunden des Malens waren die Kinder begeistert von ihren Ergebnissen und stolz auf das, was sie geschaffen hatten. Antonia lächelte zufrieden und sagte ihnen, dass sie hoffe, dass sie nun mehr Verständnis für ihre Leidenschaft für die Malerei hätten. Die Kinder nickten begeistert und bedankten sich bei ihr für einen wunderbaren Nachmittag.

Elena kam zu Besuch. Die Kinder hatten ihr ein gemeinsames Bild gemalt, das sie ihr stolz überreichten. Elena hatte Süßigkeiten von einer berühmten Konditorei in Frankfurt mitgebracht. Antonia setzte Kaffee auf, die Kinder bekamen Früchtetee. Nach der Jause saßen Antonia und Elena im Wohnzimmer und unterhielten sich, während die Kinder ihre Hausaufgaben machten und anschließend im Garten spielen durften.

Antonia erzählte Elena vom Nachmittag im Atelier,

als sie mit den Kindern gemalt hatte: "Elena, ich bin so froh, dass ich mit den Kindern malen konnte. Es war so schön zu sehen, wie begeistert sie waren."

Elena lächelte und antwortete: "Das glaube ich dir gerne, das Kunstwerk von ihnen, das sie mir geschenkt haben, ist ja wirklich beeindruckend. Es scheint, als hättest du ein Talent für die Arbeit mit Kindern."

Antonia bedankte sich für das Kompliment und antwortete: "Danke, das denke ich auch. Es hat mir so viel Spaß gemacht. Ich hatte schon lange nicht mehr das Gefühl, etwas Kreatives zu tun."

Elena, die Antonias Begeisterung spürte, schlug vor: "Warum gründest du nicht eine Malgruppe für Kinder? Ich könnte dir dabei helfen. Ich kenne ein paar Eltern, die sicherlich interessiert wären."

Antonia war von der Idee begeistert und sagte: "Das klingt nach einer großartigen Idee. Ich würde das wirklich gerne machen. Es würde mir helfen, in Frankfurt Fuß zu fassen und mich nicht so allein zu fühlen, wenn Gregor so viel arbeitet."

Elena stimmte zu und sagte: "Genau! Es wäre eine großartige Gelegenheit, neue Freunde zu finden und deine künstlerischen Fähigkeiten mit anderen zu teilen. Ich denke, es würde dir auch helfen, deine Leidenschaft fürs Kreative nicht verkümmern zu lassen."

Antonia nickte zustimmend und erklärte: "Ja, ich denke auch, dass es mir helfen würde, meine Kreativität auszudrücken. Ich habe das Gefühl, dass ich in der letzten Zeit, seit ich von der Werbeagentur Kreativa weggegangen bin, meine künstlerische Seite vernachlässigt habe."

Elena lächelte und sagte: "Dann lass uns das doch gemeinsam angehen. Ich werde dir helfen, die Gruppe aufzubauen und die notwendigen Materialien zu besorgen. Ich denke, es kann ein schöner kleiner Erfolg werden!"

Antonia war aufgeregt, als sie mit Gregor über die Idee sprach, eine Kindermalgruppe zu gründen. Sie wollte seine Meinung dazu wissen, denn schließlich würde sie viel Zeit für diese Aufgabe investieren müssen. Sie sagte: "Gregor, ich habe mit Elena gesprochen, und sie hat mir vorgeschlagen, eine Kindermalgruppe zu gründen. Was hältst du davon?"

Gregor schaute sie neugierig an und fragte: "Eine Kindermalgruppe? Was soll das denn bringen?"

Antonia überlegte einen Moment und erklärte: "Naja, ich denke, dass es mir helfen könnte, hier in Frankfurt Kontakte zu knüpfen und auch etwas für die Kinder der Stadt zu tun. Außerdem könnte ich damit meine künstlerische Ader ausleben und meine Leidenschaft für die Malerei teilen."

Gregor nickte nachdenklich: "Ach so, verstehe. Na gut, wenn du meinst, dass es dir hilft, dich hier einzuleben, dann bin ich dabei. Aber ich will nicht, dass du zu viel Zeit damit verbringst", sagte er, fügte dann lächelnd und scherzhaft hinzu: „Ich will auch etwas von dir haben, meine Liebe."

Antonia lächelte erleichtert, stand auf und umarmte ihn stürmisch: "Danke, Gregor. Ich denke, dass es mir wirklich helfen wird."

Gregor küsste sie: "Aber vergiss nicht, dass du dich auch um dich selbst kümmern musst. Du brauchst deine eigene Zeit und Raum zum Entspannen und um dein Hobby auszuleben. Lass dich nicht zu sehr von den Anforderungen der Kindermalgruppe vereinnahmen."

Antonia nickte zustimmend und versprach: "Ja, da hast du Recht. Ich werde darauf achten und sicherstellen, dass ich genügend Zeit für mich selbst habe."

Gregor lächelte sie an und sagte: "Gut, dann kannst du die Sache angehen und eine Kindermalgruppe gründen. Ich denke, dass es auch für die Kinder eine tolle Erfahrung sein wird, von deiner Begeisterung und deinem Talent zu profitieren."

Antonia spürte eine Welle der Dankbarkeit und antwortete: "Danke, Gregor. Das freut mich zu hören. Ich werde mich gleich an die Arbeit machen und alles vorbereiten. Ich bin so dankbar, dass du mich in diesem Vorhaben unterstützt."

Antonia waren gespannt auf die kommende Zeit und darauf, wie sich die Kindermalgruppe entwickeln würde. Für sie war es ein großer Schritt, ihre kreative Leidenschaft wiederzuentdecken und gleichzeitig etwas für die Gemeinschaft zu tun.

Doch ihre Freude wurde getrübt, als sie am folgenden

Tag einen Anruf von Marco erhielt. Sie starrte auf die Nummer auf dem Display, als es klingelte, aber sie nahm den Anruf nicht an. Besorgt fragte sie sich, ob er sie aufspüren könnte und ob er sie weiterhin belästigen würde.

Kapitel 52
Ein geeigneter Raum

Eines Tages, als Antonia und Elena sich zum Mittagessen trafen, sprach Antonia sie auf die Suche nach einem Raum für ihre geplante Kindermalgruppe an.

"Es ist wirklich schwer, einen geeigneten Raum zu finden", seufzte Antonia.

Elena nickte zustimmend. "Ja, ich kann mir vorstellen, dass es nicht einfach ist. Aber ich könnte dir dabei helfen. Ich kenne einige Leute in der Stadt, die eventuell einen Raum vermieten würden."

Antonia lächelte erleichtert. "Das wäre wirklich toll, Elena. Ich weiß gar nicht, wie ich dir danken soll."

"Keine Sorge", antwortete Elena. "Ich helfe gerne. Ich rufe ein paar Leute an und wir schauen uns ein paar Räume an."

Lizzy hatte angerufen, um ihren Besuch anzukündigen. Antonia öffnete die Tür und begrüßte ihre Freundin herzlich. Die beiden Frauen umarmten sich liebevoll, und Lizzy schaute neugierig um sich. Lizzy staunte und sagte bewundernd: "Wow, Antonia, das ist ein wunderschönes Haus. Ich bin so glücklich für dich und Gregor. Ihr habt es wirklich vollbracht, euch ein neues gemütliches Zuhause zu schaffen."

Antonia lächelte dankbar und antwortete: "Wir fühlen uns hier wirklich wohl. Das Leben hier ist so friedlich und die Kinder haben viel Platz zum Spielen."

Lizzy fragte neugierig: "Du hast mir am Telefon erzählt, dass du eine Kindermalgruppe gründen willst. Das ist eine tolle Idee! Wie kamst du darauf?"

Antonia führte Lizzy ins Wohnzimmer und setzte sich mit ihr auf das bequeme Sofa. Sie begann zu erzählen: "Nun, ich habe gemerkt, dass ich das Malen in der letzten Zeit sehr vermisst habe. Es hat mir immer so viel Freude bereitet. Und als ich gesehen habe, wie begeistert die Kinder beim Malen sind, kam mir die Idee, eine Kindermalgruppe zu gründen. Ich denke, es wäre eine tolle Möglichkeit, mich mit anderen Eltern und Kindern zu vernetzen und mich hier in Frankfurt einzuleben."

Lizzy lächelte ermutigend und sagte: "Das klingt fantastisch, Antonia. Ich bin sicher, dass die Kinder begeistert sein werden. Und du hast recht, es wird eine großartige Gelegenheit sein, neue Freundschaften zu knüpfen und dich in der Gemeinschaft einzubringen. Wie hast du dir das Ganze denn vorgestellt?"

Antonia nahm einen Schluck Tee und antwortete: "Ich suche derzeit nach einem geeigneten Raum, den ich mieten kann. Elena hilft mir dabei, sie kennt sehr viele Leute. Der Raum soll geräumig sein und genügend Platz für alle Kinder und ihre Kunstwerke haben. Ich plane, die Gruppe einmal pro Woche abzuhalten und den Kindern verschiedene Techniken und Stile ausprobieren zu lassen. Es wird eine

Mischung aus spielerischem Lernen und kreativem Ausdruck sein."

Lizzy nickte begeistert und sagte: "Das hört sich nach einem großartigen Plan an, Antonia. Ich bin mir sicher, dass du bald viele Kinder haben wirst, die mitmachen wollen. Die Eltern werden begeistert sein, dass ihre Kinder die Möglichkeit haben, ihre künstlerischen Fähigkeiten zu entdecken und zu entfalten."

Antonia lächelte dankbar und antwortete: "Ich hoffe es. Ich denke, es wird eine tolle Möglichkeit sein, um die Kinder zu fördern und ihre Kreativität zu entfachen. Es ist so wichtig, dass sie ihre eigenen Ausdrucksformen finden und ihre Fantasie zum Leben erwecken können."

Die beiden Frauen saßen noch lange zusammen und plauderten über Antonias neue Pläne und ihr Leben in Frankfurt. Lizzy war begeistert von Antonias Idee und bot ihre Unterstützung an, wenn es um die Organisation und Werbung für die Kindermalgruppe ging.

Ein paar Tage später rief Elena Antonia aufgeregt an und sagte ihr, dass sie möglicherweise einen perfekten Raum für die Kindermalgruppe gefunden habe. Antonia war begeistert von der Nachricht und fragte nach weiteren Details. "Wo ist der Raum?", fragte sie aufgeregt.

"Es ist in einem Kulturzentrum, das vor kurzem eröffnet wurde", antwortete Elena. "Es ist perfekt für die Kindermalgruppe, mit viel Platz und natürlichem Licht. Wir sollten uns beeilen, um es zu besichtigen und zu mieten, bevor es jemand anderes tut."

Antonia stimmte sofort zu und sie vereinbarten, sich am Nachmittag zu treffen, um sich den Raum anzusehen. Als sie ankamen, waren sie von der Größe und den hellen Fenstern begeistert. Antonia und Elena waren überglücklich, als sie den Raum betraten. Es war ein großer, lichtdurchfluteter Raum mit hohen Decken und großen Fenstern. Die Wände waren weiß gestrichen und boten genügend Platz für die kreativen Werke der Kinder. An der einen Wand standen Regale, auf denen jede Menge Materialien zum Malen und Basteln aufbewahrt werden konnten. An der anderen Wand befand sich ein großer Tisch, an dem die Kinder ihre Kunstwerke schaffen konnten.

Die Leiterin des Kulturzentrums, Frau Valentina Strahlenglanz, war eine ältere Dame. Als Antonia und Elena sie trafen, merkten sie schnell, wie freundlich und liebevoll sie war. Frau Strahlenglanz erzählte ihnen, dass sie keine eigenen Kinder hatte und es ihr Freude bereitete, den Kindern in ihrer Gemeinde einen Ort zum Spielen und Lachen zu bieten.

"Das ist perfekt, Elena! Wir müssen diesen Raum mieten", sagte Antonia aufgeregt. Elena nickte zustimmend und sagte: "Ich werde mich um die Formalitäten kümmern und sicherstellen, dass wir es für die wöchentlichen Kindermalgruppen reservieren können."

Antonia und Elena bedankten sich bei Frau Strahlenglanz herzlich und sagten ihr, dass sie sich bemühen würden, den Raum so schön und lebendig wie möglich zu gestalten. Frau Strahlenglanz lächelte und sagte: "Ich bin sicher, dass die Kinder hier viel Freude haben werden. Ich werde oft an sie denken und hoffe, dass sie hier schöne Erinnerungen schaffen werden."

Antonia und Elena bedankten sich bei Frau Strahlenglanz, die beiden Freundinnen strahlten vor Vorfreude. "Ich freue mich schon so sehr darauf, diesen Raum mit den Kindern zu teilen und ihre Kreativität auszuleben. Es wird ein wunderbarer Ort für sie sein", sagte Antonia.

Sie verließen das Kulturzentrum mit einem Lächeln im Gesicht und einem Gefühl der Dankbarkeit in ihren Herzen. Sie wussten, dass sie den perfekten Ort gefunden hatten.

Kapitel 53
Das Flugblatt

Am kommenden Sonntag setzten sich Antonia und Elena an den Tisch im Wohnzimmer und begannen, das Flugblatt für die Kindermalgruppe zu entwerfen. Sie brainstormten Ideen und diskutierten, wie sie die Informationen am besten präsentieren konnten.

"Wir sollten einen einprägsamen Titel wählen, der die Aufmerksamkeit der Eltern und Kinder erregt. Wie wäre es einfach mit 'Kindermalgruppe'? Dann weiß jeder sofort, worum es geht. Nicht sehr einfallsreich, aber zutreffend", schlug Antonia vor.

Elena nickte: "Das klingt ansprechend und weckt die Neugierde. Lass uns das als Titel nehmen. Jetzt müssen wir die wichtigsten Details herausarbeiten. Wie oft werden die Treffen stattfinden?"

"Ich denke, einmal pro Woche wäre ideal", meinte Antonia, „das gibt den Kindern genügend Zeit, sich auf ihre Kunstwerke zu konzentrieren und ihre Kreativität zu entfalten."

"Perfekt, das nehmen wir auf", sagte Elena, „und wir sollten erwähnen, dass es für Kinder jeden Alters geeignet ist. Jeder ist willkommen, egal ob Anfänger oder Fortgeschrittener."

"Absolut, das ist ein wichtiger Punkt. Und lass uns betonen, dass die Gruppe von einer erfahrenen Künstlerin geleitet wird – nämlich ich selbst!"

"Natürlich, Antonia! Das ist ein großer Pluspunkt. Und wir sollten erwähnen, dass wir einen speziellen

Raum mit viel Platz und natürlichem Licht haben, damit die Kinder ihre Werke präsentieren können."

"Genau, das wird ihre Kreativität weiter inspirieren. Und lass uns nicht vergessen, dass wir verschiedene Materialien bereitstellen, damit die Kinder experimentieren können. Keine Vorkenntnisse erforderlich!"

"Das sollten wir unbedingt betonen", erklärte Elena, „und wie wäre es, wenn wir ein paar Fotos von den Kunstwerken von Lena und Lukas hinzufügen? Das wird die Eltern sicherlich begeistern."

"Eine großartige Idee, Elena! Das vermittelt einen Eindruck davon, was die Kinder in der Gruppe erreichen können. Wir müssen sicherstellen, dass das Flugblatt ansprechend gestaltet ist, damit es die Aufmerksamkeit der Eltern auf sich zieht."

"Absolut, Antonia. Wir wollen so viele Anmeldungen wie möglich erhalten. Und nachdem wir das Flugblatt fertig haben, können wir es sowohl in den sozialen Medien teilen als auch an der Schule aushängen, um eine breite Reichweite zu erzielen."

"Genau, wir müssen es überall bewerben, damit wir viele Kinder erreichen und ihre kreative Seite fördern können. Ich bin so gespannt auf die Resonanz!"

"Ich auch, Antonia. Es wird großartig werden. Lass uns jetzt das Flugblatt fertigstellen und sicherstellen, dass es alle wichtigen Informationen enthält."

"Los geht's!", sagte Elena und begann auf einem Notizblock zu schreiben:

Liebe Eltern und Kinder,

wir möchten Euch herzlich zu unserer Kindermalgruppe einladen! Wir sind eine Gruppe von begeisterten Malern, die gerne ihre Kreativität mit Kindern teilen. Wir glauben daran, dass Malen eine großartige Möglichkeit ist, sich auszudrücken und die eigene Persönlichkeit zu entfalten.

Unsere Gruppe ist für Kinder im Alter von 6 bis 12 Jahren geeignet. Wir treffen uns jeden Samstag von 14:00 bis 16:00 Uhr in unserem schönen und inspirierenden Malraum im Kulturzentrum.

Die Kosten betragen nur 5 Euro pro Sitzung und inkludieren alle notwendigen Materialien.

Unsere Malgruppe wird von Antonia geleitet, die jahrelange Erfahrung im Umgang mit Kindern hat und eine Leidenschaft für das Malen hat, außerdem ist sie professionelle Grafikerin.

Wir werden uns bemühen, eine warme und unterstützende Umgebung zu schaffen, damit sich jedes Kind in unserer Gruppe wohl fühlt.

Wenn Ihr Kind gerne malt oder einfach nur neugierig darauf ist, das Malen auszuprobieren, dann laden wir Euch herzlich dazu ein, an unserer Malgruppe teilzunehmen. Wir freuen uns darauf, Euch und Eure Kinder kennenzulernen!

Außerdem laden wir alle interessierten Eltern

zu einem Kennenlern-Treffen. Dort können wir uns gegenseitig kennenlernen, Fragen beantworten und weitere Details besprechen.

Wir freuen uns auf eine tolle Zeit mit euren Kindern!
Herzliche Grüße,
Antonia und Elena

Antonia und Elena ließen kleine Poster und Flugblätter drucken und posteten die Kindermalgruppe in den sozialen Medien.

Schon nach kurzer Zeit erhielten sie Rückmeldungen. Antonia war begeistert von der Resonanz. Viele Eltern hatten sich für die Kindermalgruppe interessiert. Antonia war fest entschlossen, den Kindern eine wundervolle kreative Erfahrung zu bieten. Sie hatte die Details der Miete des Raums im Kulturzentrum fixiert, sie hatte von Frau Strahlenglanz die erfreuliche Mitteilung bekommen, dass die Miete sehr gering war, weil die Kulturinitiative sich besonders auf Kinder konzentrieren wollte.

Antonia vereinbarte mit den interessierten Eltern ein Kennenlern-Treffen. Sie stattete den Raum im Kulturzentrum mit Farben, Pinseln und Papier aus, damit die Kinder sofort mit dem Malen beginnen konnten. Sie dekorierte den Raum mit einigen Kunstwerken von Lena und Lukas, um eine inspirierende Atmosphäre zu schaffen.

Kapitel 54
Das Kennenlern-Treffen

Am Tag des Kennenlern-Treffens kam Antonia früh an, um sicherzustellen, dass alles bereit war.

Sie hatte bereits einen detaillierten Lehrplan erstellt, der verschiedene Kunsttechniken und Materialien einschloss, die sie den Kindern beibringen wollte. Antonia hatte auch beschlossen, Kuchen zu backen und Saft zu kaufen, um den Kindern und Eltern eine leckere Stärkung zu bieten. Sie stellte Tische und Stühle in einem Halbkreis auf und platzierte auf jedem Platz ein kleines Begrüßungsgeschenk mit einem Pinsel und einem Malbuch. Die Eltern und Kinder begannen langsam einzutreffen, und Antonia empfing sie herzlich.

Sie stellte sich den Eltern vor und erklärte ihnen den Ablauf des Treffens. Die Kinder konnten die Materialien ausprobieren und ihre ersten Kunstwerke erschaffen. Während die Kinder ihre Kunstwerke kreierten, stellten sich die Eltern gegenseitig vor und unterhielten sich über ihre Erfahrungen mit Kunst und Malerei.

Antonia stellte ihre Vision für die Kindermalgruppe vor und beantwortete Fragen der Eltern. Sie betonte, dass der Schwerpunkt der Gruppe auf der kreativen Entfaltung und der Freude am Malen liegen würde, und dass alle Fähigkeiten willkommen waren.

Die Kinder waren inzwischen voll in ihre Kunstwerke vertieft. Antonia ermutigte sie, sich gegenseitig ihre Bilder zu zeigen und miteinander zu sprechen. Bald gab es ein lebhaftes Gespräch und die Kinder tauschten ihre Ideen und Inspirationen aus.

Während die Kinder begeistert mit den Farben experimentierten, nahm Antonia sich Zeit, mit den Eltern zu sprechen und sich über ihre Erwartungen und die künstlerischen Interessen ihrer Kinder auszutauschen. Sie erklärte, dass die Kindermalgruppe nicht nur das Malen fördern, sondern auch ein Ort sein würde, an dem sich die Kinder austauschen und voneinander lernen konnten.

Antonia war überwältigt von der positiven Energie und dem Enthusiasmus, den sie bei den Eltern und Kindern spürte. Sie konnte sehen, wie die Kinder stolz ihre ersten Kunstwerke präsentierten und voller Begeisterung von ihren Ideen und Inspirationen erzählten. Am Ende des Treffens dankte Antonia den Eltern für ihr Interesse und ihre Teilnahme. Sie betonte, wie sehr sie sich darauf freute, mit ihren Kindern gemeinsam kreativ zu sein und ihre künstlerischen Fähigkeiten zu entwickeln. Die Anmeldeformulare für die Kindermalgruppe waren allesamt ausgefüllt worden. Antonia war begeistert, alle hatten sich angemeldet. Die Eltern bedankten sich bei Antonia für die Möglichkeit, ihren Kindern diese Erfahrung zu ermöglichen und drückten ihre Vorfreude auf den Beginn des Malkurses aus. Antonia wusste, dass sie die richtige Entscheidung getroffen hatte, die Kindermalgruppe zu gründen. Sie war bereit, diese Reise mit den Kindern und ihren Eltern anzutreten und ihnen eine Welt voller Kreativität und Freude zu eröffnen. Und nicht zuletzt würde sie damit Geld verdienen, zwar nicht viel, aber dennoch ein wunderschönes Taschengeld, damit sie nicht gänzlich von Gregor abhängig war.

Am nächsten Tag nach dem erfolgreichen Kennenlern-Treffen saßen Antonia und Gregor am Frühstückstisch und prosteten sich mit einem Glas Orangensaft zu.

Antonia strahlte vor Glück: "Ich bin so glücklich darüber, wie viele Eltern und Kinder zum Treffen gekommen sind. Ich habe das Gefühl, dass unsere Kindermalgruppe wirklich ein Erfolg wird."

Gregor lächelte stolz und sagte: "Ich bin beeindruckt von deinem Engagement und deiner Kreativität."

Antonia nickte und erwiderte: "Es macht mir so viel Spaß, mit den Kindern zu arbeiten und ihre Fantasie und Kreativität zu fördern. Und ich bin so dankbar, dass du mich bei meinem Vorhaben unterstützt hast."

Gregor legte seine Hand auf Antonias und sagte liebevoll: "Natürlich, ich stehe immer hinter dir. Es ist großartig zu sehen, wie du etwas tust, das dir so viel Freude bereitet. Es ist wichtig, dass wir alle unser Glück finden."

Antonia lächelte dankbar und fügte hinzu: "Genau, das sehe ich auch so. Und ich bin mir sicher, dass die Kinder viel Spaß haben werden und viele neue

Freunde finden werden."

Gregor hob sein Glas und sagte enthusiastisch: "Auf den Erfolg deiner Kindermalgruppe! Ich bin mir sicher, dass sie ein großer Erfolg wird. Lass uns darauf anstoßen!"

Und dann, nachdem sich Antonia mit einer innigen Umarmung von Gregor verabschiedet hatte, weil er ins Büro fahren musste, klingelte Antonias Telefon. Es war Lizzy. Antonia nahm den Anruf entgegen und konnte in Lizzys Stimme eine gewisse Aufregung hören.

"Antonia, du wirst nicht glauben, wen ich gerade in der Stadt gesehen habe!"

„Wen?", fragte Antonia nur und spürte, wie sich ihre Muskeln anspannten.

„Marco."

Marcos Name hatte eine unheilvolle Bedeutung für Antonia, und sie konnte nicht anders, als sich zu fragen, was er wieder anstellen würde.

„Ich war gerade auf dem Weg zum Café", erzählte Lizzy, „als ich ihn an der Ecke gesehen habe. Er hat mich nicht bemerkt, aber ich konnte ihn erkennen. Hast du immer noch Angst, dass er dich belästigen könnte?"

Antonia schluckte schwer und spürte, wie sich ihre Ängste langsam wieder hochschaukelten. Die Vorstellung, dass Marco möglicherweise nicht bereit war, das Kontaktverbot einzuhalten, machte sie unruhig.

Antonia: "Ehrlich gesagt, ja. Ich kann nicht einfach so vergessen, was er getan hat. Ich habe immer noch Bedenken, dass er uns belästigen könnte."

In ihrem Inneren kämpfte Antonia mit den Gedanken. Sie wollte nicht, dass ihre Ängste die Oberhand gewannen, aber sie konnte nicht leugnen, dass ein Teil von ihr immer noch misstrauisch war.

"Ich verstehe deine Sorge, Antonia. Wir können nicht sofort davon ausgehen, dass er dich weiterhin belästigen wird. Du hast so viel Stärke gezeigt, und ich bin mir sicher, dass du damit umgehen kannst, falls er sich nicht an das Kontaktverbot hält."

Antonia versuchte, Lizzy zuzuhören und ihre Worte zu verinnerlichen. Sie wusste, dass Lizzy recht hatte und dass sie nicht zulassen durfte, dass ihre Ängste sie beherrschten. Aber trotzdem blieb ein Rest an Unsicherheit und Sorge in ihrem Herzen.

"Danke, Lizzy. Ich werde versuchen, ruhig zu bleiben und abzuwarten. Wir haben Maßnahmen ergriffen, um uns zu schützen, und ich hoffe, dass Marco sich daran halten wird. Aber wenn nicht, bin ich bereit, erneut zu handeln und meine Sicherheit und die meiner neuen Familie zu gewährleisten."

Antonia hatte die Gefahr, die von Marco ausging, verdrängt, sie hatte in ihrem großen Glück einfach nicht daran denken wollen, dass er ihr vielleicht wieder nachstellen würde. Ihre Arbeit für die Kindermalgruppe hatte sie davon abgehalten, sich in ihre Sorgen zu verkriechen. Doch in ihrem Innersten wusste sie, dass diese Angelegenheit noch nicht vorbei war.

Kapitel 55
Erfolg

Die Kindermalgruppe erwies sich als großer Erfolg. Die Kinder, die daran teilnahmen, waren begeistert und hatten nicht nur die Möglichkeit, neue Techniken und Materialien kennenzulernen, sondern fanden auch neue Freunde. Besonders Lena und Lukas waren überglücklich, denn sie lernten durch die Gruppe viele Kinder kennen, die in ihrer Nähe wohnten und auch ihre Schule besuchten.

Die Kinder verbrachten viel Zeit miteinander, tauschten sich über ihre Lieblingsfarben aus, teilten ihre Ideen für neue Zeichnungen und halfen einander bei schwierigen Stellen in ihren Kunstwerken. Es war herzerwärmend zu sehen, wie sie sich gegenseitig unterstützten und wie schnell sie zu einer eingeschworenen Gemeinschaft wurden.

Antonia strahlte vor Glück, als sie die Kinder in ihrer Gruppe zusammenwachsen sah. Es erfüllte sie mit Freude zu wissen, dass sie dazu beitragen konnte, dass Kinder neue Freundschaften knüpften und ihre Kreativität entfalten konnten. Sie beobachtete, wie sich ihre Schützlinge gegenseitig ermutigten, Ideen austauschten und sich gegenseitig halfen, ihre künstlerischen Fähigkeiten weiterzuentwickeln.

In den wöchentlichen Treffen entstand eine harmonische Atmosphäre, in der die Kinder ihre Vorstellungen und Gefühle in Form von Kunst zum Ausdruck brachten. Antonia war beeindruckt von der Vielfalt der kreativen Ausdrucksformen, die die Kinder entwickelten. Jedes Kind hatte seinen eigenen einzigartigen Stil und setzte seine persönlichen Erfahrungen und Perspektiven in seine Kunstwerke um.

Die Kindermalgruppe wurde nicht nur zu einem Ort des künstlerischen Ausdrucks, sondern auch zu einem Ort des Austauschs und der Gemeinschaft. Die Kinder entwickelten enge Freundschaften und lernten voneinander. Sie feierten die Erfolge ihrer Mitschüler und ermutigten einander, neue Herausforderungen anzunehmen. Die Kinder konnten ihre Individualität ausleben, sich selbst entdecken und ihr Selbstvertrauen stärken.

Antonia war erfüllt von Stolz und Dankbarkeit, dass sie einen positiven Einfluss auf das Leben der Kinder hatte und dass sie in ihnen die Liebe zur Kunst und die Freude am gemeinsamen Schaffen geweckt hatte.

Überraschend erhielt Antonia einen Anruf von ihrem ehemaligen Chef bei Kreativa, Herrn Kleevenhust: „Liebe Frau Leitgeb, ich wollte mich nochmal entschuldigen für Ihre Kündigung, das alles hat mir schrecklich leid getan. Ich habe oft an Sie gedacht, wie geht es Ihnen denn?"

„Oh, danke, ich habe eine neue Anstellung gefunden … nun ja; eigentlich habe ich einen neuen Lebensabschnitt begonnen. Ich lebe jetzt in diesem wunderschönen Vorort von Frankfurt, in Bad Homburg. Und ich bin glücklich."

„Das freut mich zu hören. Ich wollte Sie fragen, ob Sie noch Aufträge für grafische Entwürfe entgegennehmen? Ein Kleinkunde hat sich bei uns gemeldet, der verschiedene Projekte hat. Das ist nichts für unsere Agentur, aber ich habe an Sie gedacht."

„Das ist sehr nett von Ihnen, Herr Kleevenhust, sehr gerne, ich habe wieder angefangen zu malen und das kreative Arbeiten inspiriert mich enorm."

„Schön, ich schicke Ihnen die Telefonnummer per Nachricht, dann können Sie gleich anrufen und bitte richten Sie Grüße von mir aus."

Kurz darauf erhielt Antonia die Telefonnummer des Kunden und rief ihn an. Sie konnte ihr Glück kaum fassen, als sie den Auftrag für grafische Arbeiten erhielt. Es war ihre erste eigenständige Auftragsarbeit seit ihrem Umzug. In den folgenden Tagen machte sie sich gleich an die Arbeit und schickte ihre Entwürfe ein. Der Kunde war begeistert von Antonias kreativen Ideen und ihrem professionellen Ansatz.

Mit jeder gestalteten Seite fühlte Antonia sich mehr lebendig und erfüllt. Sie arbeitete hart, um die Erwartungen des Kunden zu übertreffen und ihre Leidenschaft für Grafikdesign zum Ausdruck zu bringen. Sie fühlte sich erfüllt und glücklich, dass sie ihre Fähigkeiten wieder einsetzen konnte.

Die Bezahlung für ihren Auftrag war eine angenehme Überraschung und bot ihr die finanzielle Unabhängigkeit, nach der sie sich so sehr gesehnt hatte. Sie war stolz darauf, dass sie nicht mehr von Gregor abhängig sein musste und ihren eigenen Beitrag zum gemeinsamen Leben leisten konnte.

Gregor war von Antonias Erfolg begeistert und unterstützte sie in jeder Hinsicht. Er sah, wie sie aufblühte und ihre Leidenschaft wiederentdeckte. Gregor ermutigte sie, weiterhin ihre Talente zu nutzen.

„Ich kann ja nicht mehr irgendein Gehalt von dir als Haushaltshilfe bekommen, jetzt … wo wir …"

„Du bist meine Lebensgefährtin, geliebte Antonia, das ist unbezahlbar. Aber ich verstehe, dass du unabhängig sein willst. Nur so können wir uns auf Augenhöhe begegnen", sagte Gregor und küsste und umarmte Antonia.

Antonia erkannte, dass ihr Wert nicht nur in finanzieller Unabhängigkeit lag, sondern auch in ihrer Fähigkeit, ihre Leidenschaft zu verfolgen und ihre Talente zum Ausdruck zu bringen. Es war ein Schritt in Richtung Selbstverwirklichung, der ihr das Gefühl gab, wieder in ihrer eigenen Haut zu stecken.

Kapitel 56
Schon wieder Marco

Marco hatte wieder angerufen, Antonia hatte die Annahme des Gesprächs wieder verweigert. Sie stand an dem Küchenblock im großen Wohnbereich, blickte auf ihr Handy, das auf dem Tisch lag. Sie war gerade dabei, das das Mittagessen für die Kinder zuzubereiten, als es wieder geklingelt hatte. Sie blickte durch die großen Türen auf den Garten hinaus, setzte sich dann erschöpft auf den Barhocker. Sie wusste nicht weiter. Würde das denn nie aufhören? Wie weit ging ein Kontaktverbot? Durfte Marco sie überhaupt anrufen? Sie wusste es nicht, dachte daran, mit Gregor darüber zu sprechen, aber sie wollte ihn nicht beunruhigen, denn er hatte genug Arbeit mit seinem neuen Job, der ihn sehr beanspruchte.

Als sie wieder aufstand, um weiter zu kochen, rief Lizzy an.

„Ich habe Marco getroffen", sagte Lizzy, „er ist ins Café Aurora gekommen. Was sollte ich tun? Ich kann ihn ja nicht rauswerfen, er ist ein Gast wie jeder andere. Jedenfalls hat er mich gefragt, wie es dir geht."

„Und was hast du ihm gesagt?", fragte Antonia beunruhigt.

„Dass du glücklich bist. Aber irgendwie hat er herausgefunden, dass du nach Frankfurt gezogen bist."

„Oh mein Gott, hört das denn nie auf?"

„Ich hatte den Eindruck, dass er sich geändert hat. Wie wenn er nachdenklich geworden wäre über das, was er dir angetan hat."

„Wie kommst du darauf?"

„Er hat mir gesagt, dass er sich mit Uschi auf eine neue Zukunft vorbereitet."

„Oh, dann ist er also noch mit ihr zusammen?"

„Ja, das hat er mir gesagt, sie hat ihm verziehen, dass er dir nachgestellt hat und ist bereit, ihm eine neue Chance zu geben."

„Ehrlich gesagt bin ich immer noch nicht sicher, ob er nicht doch wieder hierher kommt und …"

„Wenn er tatsächlich wieder zu dir kommt, dann musst du einfach die Polizei einschalten."

„Ja, das werde ich tun."

Kapitel 57
Antonias Herzenswunsch

Ein angenehm warmer Sonntag-Nachmittag. Antonia war im Garten und zeigte den Kindern, wo sie im Frühling ein kleines Gemüsebeet anlegen wollte, in dem die Kinder auch ihre Sachen anpflanzen konnten. Außerdem plante sie ein Gewürzbeet für Petersilie, Rosmarin und andere Küchenkräuter. Gregor rief Antonia zu sich hinein.

„Sollen wir auch reinkommen?", fragte Lena ihren Papa.

„Ihr könnt weiter spielen", antwortete er und grinste Antonia an, die auf ihn zukam und erstaunt blickte.

Im Wohnzimmer hatte Gregor den Tisch mit einem weißen Tischtuch bedeckt, darauf standen eine Champagnerflasche und zwei Gläser und in einer Vase ein riesengroßer Strauch mit roten Rosen. Antonia wusste sofort, dass etwas Aufregendes in der Luft lag. Sie blickte Gregor fragend an. Sein Gesicht strahlte vor Vorfreude, und Antonia spürte, dass etwas Besonderes bevorstand.

"Antonia", begann Gregor mit einem verschmitzten Lächeln, "ich habe heute eine unglaubliche Nachricht erhalten. Herr Schmidt hat mir das Angebot gemacht, der Partner in der Kanzlei zu werden!"

Antonias Augen weiteten sich vor Freude. Sie wusste, wie sehr Gregor sich nach einer solchen Chance gesehnt hatte und wie hart er dafür gearbeitet hatte. Sie ging auf ihn zu und umarmte ihn. "Gregor, das ist fantastisch! Ich bin so stolz auf dich!"

Gregor lächelte, aber seine Aufregung war noch nicht vorbei. Er öffnete die Champagnerflasche mit einem sanften Knall. Dann schenkte er ein, reichte Antonia ein Glas und stieß mit ihr an. „Das ist noch nicht alles, meine geliebte Antonia", sagte er und stellte sein Glas wieder auf den Tisch. Und dann ging er feierlich vor Antonia auf die Knie und holte eine kleine Schachtel aus seiner Tasche. Antonias Herz klopfte schneller, als sie den funkelnden Ring darin sah. Sie konnte kaum glauben, was gleich passieren würde.

"Antonia", flüsterte Gregor mit zitternder Stimme, "ich möchte nicht nur beruflich mit dir wachsen, sondern auch persönlich. Ich liebe dich mehr als alles andere auf dieser Welt. Ich kann mir mein Leben ohne dich nicht vorstellen. Du bist die wundervollste, talentierteste und schönste Frau, die ich mir nur vorstellen kann. Ich will mein Leben mit dir teilen, alle Höhen und Tiefen, alle Freuden und Herausforderungen. Willst du meine Frau werden?""

Antonias Augen füllten sich mit Tränen der Rührung. Sie brachte kaum ein "Ja!" heraus, bevor sie Gregor in die Arme fiel. Sie konnte ihr Glück kaum fassen. Sie hatte sich zwar immer eine gemeinsame Zukunft mit Gregor gewünscht, aber dieser Heiratsantrag übertraf all ihre Erwartungen.

Als sie sich wieder voneinander lösten, sahen sie sich tief in die Augen. In diesem Moment wussten sie, dass sie bereit waren, den Rest ihres Lebens miteinander zu verbringen.

"Das müssen wir feiern", sagte Gregor mit einem breiten Lächeln. "Ich habe bereits eine Reservierung in einem schicken Restaurant in Frankfurt gemacht. Ein romantisches Abendessen, um unsere Liebe, die Kindermalgruppe und die neuen Möglichkeiten, die wir in Frankfurt gefunden haben, zu feiern. Morgen gehen wir elegant essen. Und die Kinder kommen mit."

Antonia strahlte vor Freude. "Das klingt perfekt! Ich kann es kaum erwarten, mit dir all das zu feiern, was uns so glücklich macht."

Sie stießen ihre Gläser erneut an und lachten vor Aufregung. Dieser Tag würde für immer in ihrer Erinnerung bleiben – als der Tag, an dem ihre Liebe noch tiefer wurde und sie eine gemeinsame Zukunft voller Liebe, Erfolg und kreativer Abenteuer begannen.

Als sie sich gemeinsam schlafen legten, kuschelte Antonia sich an Gregor und flüsterte: „Ich kann kein Ersatz für deine verstorbene Frau sein, sie wird immer bei uns sein, in meinem Denken sage ich ihr Danke, dass sie mir dich geschickt hat, wie wenn sie ein Engel wäre, der über mich wacht."

Gregor drückte Antonia fest an sich. "Liebste Antonia, du bist eine wunderbare Frau. Sprich bitte nie wieder davon, dass du nur ein Ersatz sein könntest. Du bist stark, klug, liebevoll und hast ein Herz voller Güte.

Mit dir an meiner Seite fühle ich mich glücklicher und vollständiger, als ich es je für möglich gehalten habe. Du hast mir gezeigt, wie wichtig es ist, die Vergangenheit liebevoll hinter sich zu lassen, die Träume und Leidenschaften zu verfolgen und das Leben in vollen Zügen zu genießen. Und Sabine hat mir dich geschickt!"

Eng aneinander geschmiegt schliefen sie ein.

Gregor und Antonia planten ihren nächsten Schritt: Wie sollten sie den Kindern mitteilen, dass sie heiraten würden? Es war wichtig für sie, dass die Kinder sich sicher fühlten und diese Veränderung positiv aufnehmen konnten.

Antonia nahm Gregors Hand und lächelte. "Wir werden sicherstellen, dass sie verstehen, dass unsere Liebe zu ihnen unverändert bleibt und dass wir immer für sie da sein werden."

Gregor stimmte zu und fuhr fort: "Und wir zeigen ihnen, dass unsere Hochzeit eine Feier der Liebe und des Zusammenhalts ist."

Kapitel 58
Kindernamen

Es war ein ruhiger Nachmittag am Wochenende, nur sieben Tage, nachdem Gregor Antonia seinen Heiratsantrag gemacht hatte. Die beiden riefen Lena und Lukas zusammenriefen, um ihnen die wichtige Nachricht mitzuteilen. Die Kinder setzten sich neugierig auf das Sofa und schauten die beiden fragend an.

Antonia nahm eine Hand von Gregor und sagte mit liebevoller Stimme: "Kinder, wir haben euch etwas zu sagen. Gregor und ich haben uns entschieden, zu heiraten."

Lena und Lukas schauten sich überrascht an und fragten: "Heiraten?"

Antonia erklärte: "Ja, wir feiern Hochzeit. Euer Papa und ich werden für immer zusammen sein und ich werde alles tun, um euch die beste Ersatzmama zu sein, die ihr euch nur wünschen könnt."

Die Kinder strahlten und umarmten die beiden, voller Freude über die bevorstehende Hochzeit.

„Und dann werden wir ja noch Geschwister bekommen, nicht wahr?!", meinte Lena.

„Noch Geschwister?", fragte Lukas seine Schwester.

„Klar, wenn man heiratet, kriegt man Kinder", erklärte Lena altklug, „und wenn es ein Mädchen ist, dann nennen wir es Laura."

„Und wenn es ein Junge wird, dann nennen wir ihn Leo", sagte Lukas schnell, „alle Kindernamen müssen mit einem L anfangen, dann passen wir alle zusammen."

„Und wer entscheidet, wenn wir uns streiten?",
wollte Lena wissen.

„Ihr werdet doch nie streiten", widersprach Antonia
liebevoll.

„Doch, das kommt vor", sagte Lena mit würdevollem
Gesicht.

„Ihr könnt ja dann noch eines kriegen, das ist dann
der Schiedsrichter", schlug Lukas vor.

„Und wie soll der heißen", erkundigte sich Gregor.

„Schiri", lachte Lukas heraus und alle stimmten
herzhaft in das Lachen ein.

Kapitel 59
Danke

An einem Nachmittag fuhr Antonia mit den Kindern nach Mittelnkirchen zum Friedhof. Sie fühlte eine Mischung aus Dankbarkeit und Trauer, als sie den Friedhof betrat und zum Grab von Sabine ging. Die Sonne schien durch die Bäume und warf sanfte Schatten auf die Gräber, während Antonia sich mit den Kindern dem Grab näherte, Lena an ihrer rechten Hand, Lukas an ihrer linken.

Sie knieten nieder und alle legten vorsichtig eine leuchtend rote Rose auf das Grab. Ein Moment der Stille erfüllte die Luft, und Antonia begann leise zu sprechen: "Liebe Sabine, ich möchte dir danken, dass du wie ein Engel über uns gewacht hast. Du hast Gregor und mir eine wundervolle Liebe geschenkt und hast mir Lena und Lukas anvertraut. Ich bin so dankbar."

Eine sanfte Brise strich über Antonias Gesicht, als sie ihre Gedanken weiter aussprach: "Du warst eine starke und liebevolle Frau, und du wirst immer einen besonderen Platz in unseren Herzen haben. Ich verspreche dir, dass ich deine Kinder wie meine eigenen beschützen und lieben werde. Ich werde alles in meiner Macht stehende tun, um ihnen und Gregor ein glückliches und erfülltes Leben zu ermöglichen."

Tränen stiegen in Antonias Augen, als sie an die Herausforderungen dachte, die sie und die Kinder durchgemacht hatten. Aber sie wusste, dass sie gemeinsam stark waren und dass sie als Familie zusammenhalten würden.

Antonia beendete ihre Worte mit einem leisen Flüstern: "Danke, Sabine, für das Geschenk deiner Familie. Du wirst immer einen besonderen Platz in meinem Herzen haben, und Gregor und die Kinder sollen dich nie vergessen."

Langsam stand Antonia auf und verließ mit den Kindern den Friedhof, mit dem Gefühl, dass Sabine von oben auf sie und ihre neue Familie herabschaute. Sie fühlte sich gestärkt und bereit, weiterhin die Liebe und das Glück zu schätzen, die ihnen geschenkt wurden, und ihre Rolle als neue Mama für Lena und Lukas mit ganzer Hingabe auszufüllen.

Kapitel 60
Ein vielsagender Brief

Antonia kam mit vollen Einkaufstaschen nach Hause und war froh, dass sie die Erledigungen für den Tag abgeschlossen hatte. Als sie den Briefkasten öffnete, fiel ihr Blick auf einen Umschlag, der an sie adressiert war. Der Absender war Marco. Ein Gefühl der Unruhe durchzog ihren Körper. Was wollte er schon wieder von ihr?

Sie nahm den geschlossenen Umschlag mit in die Küche, versorgte ihre Einkäufe und setzte sich dann an den Küchenblock. Unruhig schob sie den Brief hin und her. Sollte sie ihn öffnen? Sollte sie sich einer Vergangenheit aussetzen, mit der sie nichts mehr zu tun haben wollte? Alles schien sich so gut gefügt zu haben, die Hochzeit mit Gregor stand bevor, die Kinder waren glücklich in der neuen Umgebung … sollten die Sorgen und Ängste wieder von vorne beginnen?

Mit zitternden Händen öffnete Antonia den Brief und begann zu lesen. Zu ihrer großen Überraschung enthielt der Brief keine bedrohlichen Worte oder Vorwürfe, sondern eine aufrichtige Entschuldigung. Marco schrieb, dass er sein Verhalten bereue und sich bewusst geworden sei, wie sehr er sie belästigt hatte. Er gestand seine Fehler ein und versicherte ihr, dass er sie in Zukunft in Ruhe lassen werde.

Liebe Antonia, lieber Herr Petersen,

ich hoffe, dieser Brief erreicht euch in guter Gesundheit. Ich wende mich heute an euch, um meine aufrichtige Entschuldigung auszudrücken.

Ich weiß, dass meine Bedrohungen und Belästigungen euch großen Schaden zugefügt haben. Es tut mir von ganzem Herzen leid, dass ich euch mit meinem Verhalten verängstigt und verunsichert habe. Es gibt keine Entschuldigung für meine Handlungen, und ich bereue zutiefst, dass ich euch so viel Leid zugefügt habe.

Ich möchte euch wissen lassen, dass ich die Konsequenzen meines Handelns verstanden habe und dass ich mich dazu verpflichtet habe, mein Verhalten zu ändern. Um euch und eure Familie zu schützen, habe ich ein Angebot im Ausland angenommen und werde mich von nun an von euch fernhalten. Uschi und ich verstehen uns gut, sie hat mir verziehen und gibt mir eine riesengroße Chance, die ich nutzen will.

Ich bitte euch aufrichtig um Vergebung für die Angst und den Schmerz, den ich euch zugefügt habe. Ich verstehe, dass es Zeit und Raum braucht, um Vertrauen wieder aufzubauen, aber ich verspreche euch, dass ich mich weiterhin bemühen werde, mein Leben zu ändern und anderen Menschen keinen Schaden zuzufügen.

Antonia und Gregor, ich möchte euch bitten, diesen Brief als meinen letzten Kontakt mit euch anzusehen. Ich werde euren Wunsch nach Ruhe und Sicherheit respektieren und werde euch niemals wieder belästigen oder bedrohen. Ich hoffe, dass ihr euer Leben in vollen Zügen genießen könnt und dass ihr eine glückliche und erfolgreiche Zukunft habt.

Mit aufrichtiger Reue und dem Wunsch nach Vergebung,

Marco"

Antonia konnte kaum glauben, was sie las. Die Worte in dem Brief waren ehrlich und schienen von Reue erfüllt zu sein. Ein Gefühl der Erleichterung durchströmte sie. Dieser Brief war ein wichtiger Schritt, um Frieden zu schließen und die Vergangenheit hinter sich zu lassen. Der Brief war der Anfang einer Veränderung, sowohl für Marco als auch für sie selbst.

Marco, ich wünsche dir auch alles Gute, sagte sie in Gedanken. Und damit schloss sie ein Kapitel ab, das endlich erledigt war.

Kapitel 61
Die Hochzeit

Die Sonne strahlte an diesem wunderschönen Nachmittag und tauchte den Garten in ein warmes Licht. Antonia und Gregor hatten alles perfekt vorbereitet, um ihre Traumhochzeit zu feiern. Der Garten war mit bunten Blumen geschmückt, die in den schönsten Farben blühten und einen zauberhaften Duft verströmten. Ein romantischer Altar war im Freien aufgebaut, umgeben von Kerzen in Kristallgläsern. Eine kleine Gruppe von Musikern mit Geigen sorgte für die passende Untermalung. Leise klang klassische Musik durch den Garten. Die Hochzeit würde ein Tag voller Liebe, Freude und Aufregung werden. Alles war bis ins kleinste Detail geplant, um diesen Tag zu etwas ganz Besonderem zu machen.

Die Gäste trafen nach und nach ein und wurden von den strahlenden Brautleuten begrüßt. Antonia trug ein wunderschönes weißes Kleid, das ihre Schönheit betonte und Gregor sah in seinem eleganten Anzug einfach umwerfend aus.

Lizzy war eine der ersten, die ankam und umarmte ihre Freundin Antonia. Sie kam nicht allein, denn Luigi war ihr Begleiter. Die beiden strahlten vor Glück und Antonia dachte, dass sich da vielleicht auch bald noch eine Hochzeit ereignen könnte. Lizzy und Luigi hatten ein Geschenk für das Paar mitgebracht und freuten sich, ein Teil ihrer glücklichen Momenten zu sein. Die anderen Gäste kamen auch an und gratulierten dem glücklichen Paar. Man nahm Platz und alle warteten gespannt auf den Beginn der Zeremonie.

Die Musiker spielten einen Tusch. Alle sahen gespannt zu, wie Antonia den mit Rosenbögen geschmückten Gang entlang schritt, begleitet von Lukas. Gregor wartete am Altar, seine Augen voller Liebe und Bewunderung auf sie gerichtet. Als sie sich trafen, entstand ein magischer Moment der Stille und die Welt schien für einen Augenblick stillzustehen.

Die Zeremonie war sehr emotional und romantisch. Lizzy war Antonias Trauzeugin, Gregors neuer Chef und Partner, Herr Schmidt, fungierte als dessen Trauzeuge.

Antonia stand vor dem Altar und sah in Gregors Augen. Sie atmete tief ein und begann ihr Eheversprechen:

> "Lieber Gregor, seit ich dich kennengelernt habe, wusste ich, dass du etwas Besonderes bist. Du bist nicht nur ein Mann von unglaublicher Intelligenz und Einfühlsamkeit, sondern auch von unendlicher Güte und Liebe. Du hast mir gezeigt, wie es sich anfühlt, geliebt zu werden, und hast mich von Anfang an akzeptiert, so wie ich bin.
>
> Ich verspreche dir heute, dass ich dich jeden Tag aufs Neue lieben werde, in guten wie in schlechten Zeiten, in Krankheit und

Gesundheit. Ich verspreche, dir zuzuhören und dich zu unterstützen, dich zu ermutigen und dir beizustehen. Ich verspreche, unser Zuhause zu einem Ort der Liebe, des Friedens und der Freude zu machen. Ich verspreche dir, unsere Familie und unsere Liebe zu pflegen. Ich werde eine gute Mutter für Lena und Lukas sein und sie auf ihrem Weg begleiten. Ich werde unser Zuhause mit Liebe und Glück erfüllen.

Ich bin so dankbar, dass ich mit dir mein Leben teilen darf, und ich verspreche, dich immer zu ehren und zu schätzen, dich zu respektieren und zu lieben, bis ans Ende unserer Tage."

Dann war Gregor an der Reihe, sein Eheversprechen zu geben:

"Meine geliebte Antonia, heute, vor unseren Freunden und Familien, verspreche ich dir, mein Herz und meine Seele in die Ehe mit dir zu bringen. Ich verspreche dir, dass ich immer für dich da sein werde, in guten und in schlechten Zeiten, in Krankheit und Gesundheit, bis dass der Tod uns scheidet.

Ich verspreche dir, dich zu lieben, zu ehren und zu respektieren. Ich werde dir immer zuhören und deine Gedanken und Gefühle achten. Ich werde dich unterstützen, wenn du Unterstützung brauchst, und dir beistehen, wenn du fallen solltest. Ich werde dich in deinen Träumen und Zielen ermutigen und dir helfen, sie zu erreichen.

Antonia, ich liebe dich von ganzem Herzen und werde immer für dich da sein. Ich danke dir dafür, dass du mich zu dem gemacht hast, der ich heute bin. Ich freue mich auf unser gemeinsames Leben und auf alles, was uns noch bevorsteht."

Gregor schaute Antonia in die Augen und nahm ihre Hand. Antonia konnte ihre Tränen nicht zurückhalten und war überwältigt von seinen Worten. Gemeinsam sagten sie das Ja-Wort und waren bereit, den Rest ihres Lebens miteinander zu verbringen. Sie tauschten ihre Eheringe aus und küssten sich lange und leidenschaftlich.

Lena und Lukas standen anschließend nervös vor allen Hochzeitsgästen, mit ihren kleinen Händen die Blätter mit ihren vorbereiteten Reden haltend. Sie hatten sich tagelang vorbereitet und geübt, aber als es soweit war, vergaßen sie fast alles. Sie starrten auf das Papier und flüsterten leise. Ein paar Mal stolperten sie über die Worte, aber dann schauten sie auf und sahen, dass alle Gäste sie anlächelten und sie ermutigten weiterzusprechen.

Lizzy und Elena konnten sehen, wie nervös die Kinder waren, also gingen sie zu ihnen, Lizzy nahm Lukas an der Hand, Elena nahm Lena an der Hand und schließlich fingen die Kinder nochmal von vorne an, diesmal mit lauten und selbstsicheren Stimmen. Ihre Gesichter strahlten vor Aufregung und Freude. Alle Augen waren auf die beiden jungen Redner gerichtet, während eine Mischung aus Stolz und Vorfreude in der Luft lag.

Lena, mit ihrer lockigen Haarmähne und einem breiten Lächeln, fing an zu sprechen: "Liebe Antonia, lieber Papa, heute ist ein ganz besonderer Tag für uns. Wir sind hier, um euch zu sagen, wie glücklich wir sind, dass ihr heiratet und unsere Familie komplett ist."

Lukas, mit seiner wachen und neugierigen Ausstrahlung, ergänzte: "Antonia, du bist jetzt unsere neue Mama und wir sind so froh, dass wir dich haben. Du bist so lieb und hast uns immer geholfen."

Lena nickte eifrig und sagte: "Ja, und du, Papa, spielst mit uns und bringst uns zum Lachen. Wir lieben dich."

Die Gäste lächelten gerührt und applaudierten sanft, während Lena und Lukas weiter sprachen.

Lukas fuhr fort: "Wir sind auch dankbar für unsere Mama, die jetzt nicht mehr bei uns ist. Wir wissen, dass sie von oben auf uns aufpasst. Sie hat uns Antonia geschickt, damit wir glücklich sein können."

Lena ergänzte sanft: "Und wir werden Mama immer in unseren Herzen tragen."

Die Gäste applaudierten liebevoll, während die beiden Geschwister einander fest umarmten.

Lena lächelte und sagte: "Heute feiern wir nicht nur

die Liebe zwischen Antonia und unserem Papa, sondern auch die Liebe, die unsere Familie verbindet. Wir sind eine Familie voller Liebe, Lachen und Abenteuer."

Lukas nickte zustimmend und fügte hinzu: "Wir versprechen, zusammenzuhalten und füreinander da zu sein. Wir werden Antonia und Papa immer unterstützen und ihnen helfen, damit sie glücklich sind."

Lena und Lukas schlossen ihre Rede mit strahlenden Augen und einem letzten Satz im Chor: "Wir lieben euch, Antonia und Papa! Lasst uns gemeinsam eine wunderbare Familie sein!"

Die Gäste waren gerührt und applaudierten ihnen begeistert. Nach der Zeremonie folgte eine rauschende Hochzeitsfeier, bei der getanzt, gegessen und gelacht wurde. Die Kinder tobten im Garten und spielten. Es war ein wunderbarer Tag, an dem das Paar umgeben von Familie und Freunden glücklich und unbeschwert feiern konnte.

Happy-End
Und wenn sie nicht gestorben sind,
dann leben sie noch heute.

Noch etwas von Viki Six:

„Das Eheleben kann mich mal"
Roman

„Er betrügt mich!", schluchzt Lisa. Gerade hat sie die verfängliche SMS ihres Mannes Robert gelesen. Der hat so ziemlich jeden Fehler begangen, den man sich vorstellen kann: Ehebruch, Steuerhinterziehung, kriminelle Machenschaften. All das entdeckt Lisa, nachdem sie Hals über Kopf mit ihrer Tochter flüchtet und zu ihrer besten Freundin Conny zieht. Und dann trifft sie auf diesen seltsamen Chefkoch Harry. Was will der von ihr?

> *"Ein Wohlfühl-Roman, der unterhält und richtig gute Laune macht."*
> *"Mutige Frauen, die sich was trauen."*
> *"Gelungene kurzweilige Mischung aus Spannung und Romantik."*
> *"Authentische Dialoge und herzliche Freundschaften."*
> *"Zum Mitfühlen, Schmunzeln und Träumen."*

Danksagung

Ich möchte allen danken, die mich beim Schreiben unterstützt haben und mir geholfen haben, diesen Roman über Antonia und die Wirrnisse eines Neubeginns zu erstellen.

Allen voran meinen Eltern, die mich von frühester Kindheit an ermutigt haben, meinen Leidenschaften nachzugehen. Sie leben leider nicht mehr, aber ich denke immer an sie und danke ihnen innig.

Dann gilt mein Dank meiner lieben Freundin Monika, die mich immer emotional unterstützt hat, wenn ich nicht weiterwusste.

Und schließlich möchte ich mich bei meinen Kolleginnen und Kollegen in der Frauenredaktion bedanken, die mir wertvolle Impulse gegeben haben, welche Themen für Frauen wichtig sind.

Viki Six